花开一季，情暖一生

张师伟　著

北方文艺出版社

·哈尔滨·

图书在版编目（CIP）数据

花开一季，情暖一生 / 张师伟著. -- 哈尔滨：北
方文艺出版社, 2025. 3. -- ISBN 978-7-5317-6518-9

Ⅰ. I267

中国国家版本馆CIP数据核字第2025PB6656号

花开一季，情暖一生

HUAKAI YIJI QINGNUAN YISHENG

作　者 / 张师伟

责任编辑 / 宋雪微　　　　　　　　　　封面设计 / 陈姝

出版发行 / 北方文艺出版社　　　　　　邮　编 / 150008

发行电话 / （0451）86825533　　　　　经　销 / 新华书店

地　址 / 哈尔滨市南岗区宣庆小区 1 号楼　　网　址 / www.bfwy.com

印　刷 / 三河市中晟雅豪印务有限公司　　开　本 / 710毫米 × 1000毫米　1/16

字　数 / 130 千　　　　　　　　　　　印　张 / 15

版　次 / 2025 年 3 月第 1 版　　　　　印　次 / 2025 年 3 月第 1 次印刷

书　号 / ISBN 978-7-5317-6518-9　　　定　价 / 69.80 元

文字是开在心上的花（序）

文字，是开在心上的一簇最温柔的花。

曾经，在多少个迷蒙的夜里，我沉沦在苦涩的相思之海里无法自拔，是"一颗颗"玲珑的文字，轻柔抚慰我的"灵魂"，让我寄托那无处安放的爱恋之心。那时写下的文字，皆是我"灵魂"的知己，我对着它们倾诉衷肠，串起一件件婉约的心事。

曾经，在无数个寂静无声的暗夜里，我翻开书页，浅浅读着那些饱含深情与哲理的文字。它们散发着温暖岁月里最馨香的气息，就连烟火人生里最接地气的俗，有了文字的熏染，都变得诗意美好。一蔬一饭、一瓜一果，还有米香、菜香，有了文字的点染，都满是岁月的光泽。

相思与爱恋，一度是我文字的源泉。然而当我走入婚姻，恍然发觉，曾经那若即若离、难以捉摸的相思爱恋，却瞬间荡然无存，那么自然而然地，我的文字也就成了无源之水、无本之木。因此，有很长一段时间，我都沉寂了，我不知道该如何写下去，我沉浸在一日三餐的烟火生活里，拨弄着锅碗瓢盆、果蔬饭菜，任时光流淌、韶华凋零。

但是，这世界这么美，生活如此明朗可爱，我何必将文字拘泥于那单纯的爱恋之中呢？只要细心观察，身边一株草、一朵花，都满含温柔的诗情。只要用心品味，生活里的一盘美食、一碗甜香的米饭、一件趣事，都足以引发深刻的思考。

文字是最没有阶级、年龄、学历等各方面差距的东西了，人类要想交流，就必然离不开文字。无论是学富五车、才高八斗的诗人、作家，还是奔波于城市中艰难谋生的打工人，都可以用文字来抒写自己的情怀与感悟。左手烟火，右手诗情，这二者本就不冲突，甚至还彼此勉励、相互影响。

纵然爱情在似水的流年里，被荡涤得只剩旧日残影，但这人世间的温暖与静美，也时时流淌在平凡的生活里呀！一年四季，一日三餐，琐碎日常，你看到的美景，你尝到的美味，你悟到的哲理，何尝不是可以入笔的素材呢？

于是，沉寂了许久的我，再一次拾起曾经遗落的文字。我想，这一次，我一定不会轻易丢掉这份喜欢，一定会把这份热爱发挥到极致。

而且，越写，你就越会发现，文字蕴含着一种力量，这力量，会把你从生活的琐屑中拉拽出来，会给予你无穷的生命力和蓬勃向上的生机。无论是对愁苦烦闷思绪的抒怀，还是对明朗万物的热爱，抑或是对时光河流中朵朵浪花的描摹，皆有一种源源不断的力量，在心中蔓延着，让我们拾起对生活的热情，抚平且化解暗夜里的悲伤。有了这力量，我们的生命就犹如一丛盛放的鲜花，不惧风霜雨雪，傲然挺立于纷扰人间。

唯有热爱能抵岁月漫长。人来到这世上辛苦走一遭，总要留下点什么吧？如果，我能将岁月划过的痕迹——记录在册，那么，当我这一生走过，回首时，一定不仅仅是青烟袅袅，而是一派繁花盛景。

希望这本书，能够带给你安暖平静的力量。愿你的生活也如花儿一般，温柔绽放。

张师伟

2023 年 8 月 15 日于山西大同

目 录

第三章　花木繁盛

第六章　历史烟云

第一章

四季之美

写给春天的一笺情书

嗨，亲爱的春天，你好呀！

岁暮听风，四季轮回。经历整整一个冬天的沉睡，你终于迈着轻盈的脚步，悄悄来了。

你像一位娇俏可人的小姑娘，从萧索的深冬里走来。你张开澄澈的双眸，清灵中透着几许俏皮。碧绿的柳树枝条，是你飘逸的长发。你轻声笑闹着，翩舞在潺潺的溪流上，整个世界都被你的明朗活泼感染着。

你是一年里最充满希望的季节。《史记·八书·天官书》有云："立春日，四时之始也。"春回大地，万象始新，风和日丽，一切都是最美的模样。

春，你知道吗？因为你的来临，风都开始变得温婉可人。你听，苍茫的原野上，春风在欢唱。它们吹绿了小草，吹醒了花儿，吹开了冰封的河水，也吹进我们的心扉。春风十里，飘满归乡的小路，我们沐浴着和煦的风，醉在你温暖的怀抱里。

春，你知道吗？因为你的出现，雨都变得细润温柔。你看，小雨霏霏，迷蒙如烟，天地间织起一帘淡烟薄雾。春雨绵绵，远处的山峦宛如缥缈伊人，披起一件朦胧的裙裾。春雨贵如油，田野里的禾苗，就像饥渴难耐的孩童，贪婪地吮吸你带给它们的甘露。春雨"沙沙"，我们仰望着天空，任由你的温柔轻抚脸颊。

春，你知道吗？因为你的降临，花儿都张开惺忪的睡眼。你看，江南的桃花已经盛开，那嫣红的花瓣儿，像少女娇艳的脸颊，那是你的巧手，为"她们"涂抹的妆容呀。一片烂漫春光里，美丽的紫荆在暖风中微笑着，像可爱的孩子，在冲你撒娇。春，你就是花儿的母亲，它们在你的怀抱里成长，在你温柔的呵护里，肆意欢笑。

春，你知道吗？因为你的到来，柳树开始梳弄长长的辫子。你看，细长的柳枝上，已冒出小小的芽儿，春燕归来，愉快地穿梭在柳条间，一派生机盎然。诗人贺知章说："不知细叶谁裁出，二月春风似剪刀。"春，你就是一位巧手的裁缝呀，你裁出了柳树的美，裁出了人间的诗。

春，你知道吗？因为你的到来，星空都变得更加璀璨。立春之夜，人们仰望着南边的天空，会看到三颗最闪亮的星，它们笔直地连成一条线，宛如梦幻的丝带，这就是福禄寿三星呀。春，这是你送给人们最美的祝福。静谧的春夜，你把绵长的福运寄托在点点繁星里，也把最诚挚的希望赠予我们。

春，你知道吗？你朝气蓬勃，活泼可爱。你一来，万物都欣喜若狂。黄莺在你怀里婉转啼鸣，坚冰也开始在明媚的春光里一寸寸碎裂。你把温柔的暖意铺洒人间，春日的小草、花儿上也开始浸润晶莹的露珠。在这春暖花开的日子里，人们喜欢外出踏春，感受生机的复苏。春，你给人们带来的，是永恒的喜悦。

春，你知道吗？人们为了迎接你的到来，最喜欢吃春饼。摊一张薄薄的饼，把春天的时令蔬菜裹入其中，咬一口，满嘴的清香，仿佛吃下了一整个春天。春，你给人们带来的，是满满的幸福。

春，你听到我的心声了吗？我是极爱你的。你像一首清新淡雅的诗歌，轻轻念起，齿颊都生了香；你像一曲低回婉转的童谣，静心哼唱，快乐都盈满心扉；你像一位端丽可爱的姑娘，与你执手，甜蜜都弥漫心尖。我愿醉倒在你的怀里，做一个长长久久的美梦。

二月，枕春色入梦

时光无言，匆匆而过。一月，带走了冬最后的一抹眷恋，依依不舍地与我们告别。二月，携一缕春的气息，迈着轻盈的脚步款款而来。

二月，春寒料峭，诗意盎然。

光阴如水，一个冬天的萧索，在即将来临的二月逐渐褪去。春意微漾，旧年的雪在明媚的春光里缓缓消融。春寒料峭，报春的红梅已结出花苞，只待第一缕春风将它们吹醒。

采一缕春色，枕着花香入梦；沽二两好酒，慢品人间诗意。盼一澜春雨，唤醒沉睡一冬的芽；等一场春雨，滋润尘封一冬的心。

"草长莺飞二月天，拂堤杨柳醉春烟。"

二月是春的序曲，春暖了、雪化了、草青了，黄莺出谷，开始幸福地吟唱歌谣。二月是春的信使，柳枝生出嫩黄的小芽，坚冰也开始寸寸碎裂，漂浮在湖面。一切都是美好安然的模样。

采一篮子春光吧，装在二月的故事里，蘸着早春的诗意，拌几滴清香的露水，写一首淡雅的诗歌，让你的生活变得妩媚多姿。

二月，年味渐浓，阖家团圆。

进入二月，一年里最盛大的节日——春节即将来临。漫漫归乡路，已是人头攒动、摩肩接踵。人们带着一颗思念的心，迫不及待奔向家的方向。

回到熟悉的故土，洗去一身风尘，亲人的声声叮咛在你的耳畔回响；

朋的友的句句问候，温暖你疲乏的心。此刻，还有什么浮华烟云，能抵得上回家的幸福？

岁暮听风，春归十里。爆竹声声响，苦厄一岁除。扫屋除尘，除尽一室的凌乱；小火慢炖，炖出一锅的温暖。

我们烧起炉灶，在袅袅炊烟里，做一笼雪白的花馍。水雾腾腾，福气在氤氲。花馍蒸好时，新春的希望也被蒸了出来。吃一口，满嘴都是香甜，仿佛吃下来年的福运。

我们铺开红纸，于橙黄灯火中，研墨执笔，写一联新春的华章。墨香弥漫，祝福在流淌。春联写好时，新年的愿望也被写了出来。吟一阕，满纸都是温馨，似乎看到新年的曙光。

煮一锅子年味吧，把二月的温情慢慢烹制，和着新春的祝福，加几句温柔的絮语，熬一碗浓香的人间烟火，让你的生活变得更加美好。

二月，执子之手，甜蜜浪漫。

今年的情人节，刚好是农历正月初五。

当西方的浪漫与东方的温婉相互碰撞，那一声大胆火热的"我爱你"，就变成"山有木兮木有枝，心悦君兮君不知"的羞涩多情。

当西方的奔放与东方的含蓄相互融合，那一眼万年的深情，就变成"月出皎兮，佼人僚兮"的缠绵思慕。

当西方的热烈与东方的诗情相互联结，那直白的表白，就变成"愿得一心人，白首不相离"的永恒诺言。

正如那首歌所唱的："我能想到最浪漫的事，就是和你一起慢慢变老。"

这个二月，愿你能够与心爱之人执手相牵，将那相视一笑的瞬间，定格成永恒的思念。从此，不诉离别不言殇，长长的路，你们慢慢地走；深深的话，你们浅浅地说。

舀一江春水吧，弱水三千，愿你只取一瓢饮。把二月的甜蜜，装在你心口，吟一曲纯真烂漫的《诗经》，继续抒写你们温暖的故事。

赫尔曼·黑塞在《二月的黄昏》中写道："穿过树林，穿过微寐的窄巷，夜风温温地、从容地飘落篱间，幽暗的花园和年轻的梦里将吹进一个春天。"

　　二月，愿你撷一缕春意，写一句祝福，采一汪甜蜜，与心爱之人同饮"一盏"烟火岁月，共赏一脉潋滟韶光。愿世间所有美好，皆与你不期而遇。

三月翩翩来，春意抚人心

时光荏苒，二月的喧嚣逐渐远去。我们站在光阴的路口，回望二月的温情与甜蜜，些许留恋，在心间盘桓。

二月，把满满的喜庆填入我们心中，而后招招手，与我们告别。无妨，待到来年，我们还会与它重逢。

抬眼望向前方，三月，像一位清丽脱俗的小姑娘，带着满面的春风，向你奔赴而来。

三月，暖风和煦，春意绵绵。

三月的风，吹过原野，吹来温暖，也吹醒小草。"燕草如碧丝，秦桑低绿枝"，原野上的小草，在三月微风的吹拂下，变得如碧绿的丝绦一般清秀可爱。树枝上生出层层叠叠的绿叶，压弯了枝头。

春风又绿江南岸。三月的风，像一枝灵秀的画笔，染绿了溪边的柳树，染白了湖畔的李花，染红了山间的桃瓣。三月的诗意画卷，就在和暖的春风里徐徐展开。

三月的风，是柔软的，也是令人心驰荡漾的。

"穆穆清风至，吹我罗衣裾。青袍似春草，草长条风舒。"明媚春光里，和风细细，拂乱你的心扉。你站在光阴的渡口，抚弄思念的青芽儿。那丝丝缕缕的春风，此刻荡漾起的，是你心底一寸寸柔软的心事。那撩人的清风里，也一定蕴藏了太多细碎的欢喜，饱含着无数羞怯的心思。千江绿水，被风吹起阵阵涟漪，恰如我的心湖，被你一圈圈撩拨，泛起相思的褶皱。

这个三月，我愿携一缕春风，为你寄去千万缕绵密的牵挂。

三月，雪水融化，滴入大地。

二月一场春雪，如杨柳堆烟一般，落在早春的心坎。三月，旧时光里的残雪，被明媚的春光融化成点点柔水。你听，屋檐下的雪水，正在叮叮咚咚地敲个不停，那是三月的春光织起的珠帘呀，晶莹剔透、耀眼夺目。

三月，春水初生，雨意阑珊。

"好雨知时节，当春乃发生。随风潜入夜，润物细无声。"当三月的风拂过大地，春雨便会悄然而至。雨水绵绵，像花针，像细丝，又像牛毛。细雨无声，飘在禾田里，也落在河畔花园中，它润湿了脚下的泥土，也滋润着一棵棵嫩绿的小芽。三月的雨，温润如玉，滋养万物。

三月的雨，是轻盈的，也是抚慰人心的。

"小楼一夜听春雨，深巷明朝卖杏花。"淅淅沥沥的小雨，滴落在屋檐上，飘零在树枝间，也滴落在你的心头。夜雨缠绵，宛如一曲柔肠百转的乐章，在你心里激荡出一片清雅之音。你静立在阁楼小窗前，聆听雨声"呢喃"，细数流年，守着回忆，写下一行行柔软的诗句。那零碎的残响中，也一定隐藏了太多难以言说的故事。

就让这三月的雨，洗尽你心灵的杂芜吧。在和暖安然的春意里行走，那一澜明澈的春水，一定会冲走你的惆怅，让你的世界变得舒朗清明。

这个三月，我愿掬一捧春水，为你洗去无数怅惘与迷茫。

三月，春花烂漫，娇媚可人。

雨水过后，伫立于江南水岸的花儿次第盛开。李花洁白无瑕，在和畅的蕙风里摆弄着花姿；桃花应风而开，在一片明媚中搽着嫣红的水粉；玉兰饱满鲜润，盛满一杯杯春天的佳酿。

三月，春暖花开，灼灼其华。三月的花，开得真纯，开得热烈。

诗人顾城说:"像三月的风扑击明亮的草垛,春天在每个夜晚数她的花朵。"当三月的花竞相开放,春天的故事也开始在尘世里慢慢絮说。蜂蝶舒展着翅膀,停驻花枝,汲取花心的甜蜜;露珠凝聚,颗颗璀璨,滋润着鲜艳的瓣儿。三月的花,装点着这个活泼可爱的早春时节,也装扮着草木萌动的大地。

三月的花,是娇俏的,也是给人力量的。

"等闲识得东风面,万紫千红总是春。"花儿看似沉默不语,却听得见风吹来的声音,于是竞相绽放。春天给予了它们无穷的活力,让它们在升腾的暖意里破土而出、拔节生长。你看它们,大口地吐纳空气,尽情地沐浴阳光,奋力地扎根泥土,竭尽所能地吸取天地间的精华。烂漫的春花里,有一种顽强的生命力在蔓延。

这个三月,我愿采一篮春花,为你送去无数"朵"素雅的芳馨。

这个三月,愿你如春风般和煦温暖,带给人清新爽朗的气息;愿你如春水般清凉如玉,将所有的忧愁都揉碎在手心,让春水拂去你眉间心上的悲伤;愿你如春花般明媚向阳,向下扎根,向上生长,慢慢蓄力,等待盛放。这个三月,愿你不负春光,与所有美好环环相扣。

最美人间四月天

这个时候，走在路上，目之所及的都是美景。

最美人间四月天啊！

池塘边那一排春柳，已生出黄绿的小芽儿。柔软的枝条在迎风飞舞，氤氲出一片绿莹莹的春色。鸟儿啁啾，扑腾着翅膀，穿梭在树林里。偶尔也会停驻于枝头，枝丫被风吹着，上下摇晃，鸟们站在上面，像打着秋千似的，一副悠闲自在的模样。它们惬意地唱起歌来，那婉转悦耳的鸟鸣声便回荡在风里，于是，这明朗的四月就多了一曲活泼灵动的乐章。

我带着孩子，漫步在和暖的春风里。眼前，是一树树的山桃花，粉白粉白的，开得团团簇簇，灿若云霞。一朵一朵的花儿，在枝上绽开，像少女发髻上的簪花，又像美人面，淡淡地敷了一层素雅的妆。一丝一缕的香气，若有若无地飘散出来，那应该是山桃花在低语，在向人们诉说春天的故事。春光明媚，蜜蜂们纷至沓来，停在花芯悄悄啜饮那"一盏"春的芬芳。

塞北的春天，开得最为繁盛的，要数杏花了。前些日子，杏树上才结满了花苞，一颗颗的，就像暗红色的相思豆，藏着杏花对春的思念。才过了一周时间，那相思便再也攒不住，"哗啦啦"地，全部释放出来了。花儿小小的，是清素的白，七八朵、十来朵，团聚在一枝上，开得热热闹闹的，真真是"枝头春意闹"啊。一阵风吹来，满树的杏花，纷纷扬扬飘落下来，像春雪一般，却又比雪多了几分香甜。孩子在杏花树下欢快地蹦跳，我则寻觅到最美的一枝花，轻轻抚弄着，用手机，将这一抹绚烂的春色定格下来。

"春日游，杏花吹满头"，望着满树繁盛的杏花，我的脑海中不禁浮现起这句诗来。千年之前的某个春日，女孩沉醉在明丽的春光里，微暖的风徐徐吹来，拂落了枝头的花瓣，吹得她满身满肩都是。隔着阡陌，她望见那个让自己朝思暮想的少年郎，脸颊便飞起一抹彤云，心也如这纷飞的杏花一般，雀跃蹁跹。这样明媚的时光，是美好的，最适合安放炽烈纯洁的爱情。千年前盛开的那些杏花，也见证了一位少女最温柔的思慕。

"妈妈，你快看，这是什么花儿呀？"孩子清脆稚嫩的声音，将我如潮的思绪拉了回来。我顺着他的目光望去，只见，稀疏的绿草之间，开着一种小小的黄色的花。我拍下来，查询一番，原来，它叫作"蓝堇草"。不禁慨叹，这么小的花儿，也有这么美的名字啊！点点小黄花，盛开在绿草丛中，就像一颗颗璀璨的星辰，点缀在空中。它们没有山桃、杏花那么惹眼，却也张开那柔弱的花瓣，倔强、努力又认真地开着。正如那句诗："苔花如米小，也学牡丹开。"是的，这些蓝堇草，虽然小如黄豆，但它们也有自己绚烂的梦想，哪怕自己再卑微，也要努力像名花那样开放。我们每一个平凡的人，也应像蓝堇草一样啊，哪怕无名，也要向优秀之人看齐，不断提升自己的能力，趁着东风，拔节生长、哗然开放。

微风轻拂，绿草笑弯了腰。一池春水，也被风吹得皱起了波纹。远处开阔的场地上，有许多游春的人儿，他们一手牵着丝线，一手操着转轴，在放风筝。湛蓝的天空里，飘浮着色彩各异、形状万千的风筝，有"小金鱼"，有"小燕子"，有"小蜻蜓"……它们随着游人的操弄，一会儿飞向高处，一会儿掠过低处，一会儿飘至柳梢，一会儿浮上池塘，似乎也想饱览这一番盎然的春色呢。

是啊，这人间最美的景致，莫过于四月天了。此时，春风温柔、阳光明媚、春水荡漾、春花烂漫，一切都是蓬勃向上的模样。幽居了一冬的人们，都走出家门，或荡起了秋千；或钓起了鱼；或换上美丽的裙裳，拍起了照片；或撑起了帐篷，约好友来野餐。天地间除了鸟鸣、虫叫，还多了几许喧嚣沸鼎的人声。温暖的春天，带给人们的也是恬静安逸的感觉，每个人脸上都漾起花儿一般的微笑。

想起《论语》里的一段记载："莫春者，春服既成，冠者五六人，童子六七人，浴乎沂，风乎舞雩，咏而归。"古人游春实在是声势浩大，要换春装、要沐浴、要跳舞、要玩到尽兴，日暮时分才唱着歌回家，多么青春洋溢的感觉！徜徉在春的怀抱里，就算是年长者，也都变得神采奕奕、精神抖擞了。

我实在是爱极了这人间的四月天啊。

浅夏花事

浅夏，写了一封情意绵绵的书信，飘拂的风，成了花儿的送信人，将夏的情意捎给那些翘首以盼的花儿，于是便灿烂了这一季的芳华。

"小荷才露尖尖角，早有蜻蜓立上头。"浅夏时节，荷塘里一池碧水微微泛起涟漪，"田田"的荷叶在池上铺展开来，形成一片清雅的绿。经历过冬春两季的蛰伏，此时的荷花终于蓄满了力量，于污泥之中生出几枝亭亭的荷花茎。粉粉的荷苞探出头来，像懵懂的小孩儿，好奇地望着这个世界。或许是小荷苞里正在酝酿着一股清甜的香气，蜻蜓竟然感知到了，于是，它们挥舞着轻盈的薄翅，停落在"小荷尖尖角"上，应该是在吸吮那浅淡的芬芳了吧？

"庭院深深深几许？杨柳堆烟，帘幕无重数。"浅夏时节，杨絮飞满城。此时走在街上，灿烂的阳光下，树旁的浓荫里，弯曲的回廊间，莹莹的绿草上，还有靠墙的角落里，到处都是飘逸的杨絮，像缤纷的春雪，又像飞舞的鹅毛。杨絮落在花儿上，向花道一声你好；杨絮飘在半空中，是在向你倾诉浅夏的灵动；杨絮落在你的肩头，那是它们在与你调皮地戏耍。满城风絮飘呀飘，为浅夏时节点染了一抹诗情。

"水晶帘动微风起，满架蔷薇一院香。"浅夏时节，绿树浓荫，一汪碧水随风荡起波纹，楼台的倒影也时不时被风揉成碎片。香风一阵阵袭来，是什么呢？噢，原来是爬满藤架的蔷薇花呀！一朵朵娇俏的小花，有的低垂着小脑袋，好像在对着你倾诉密语；有的高昂着头，尽情沐浴阳光；有的望向不远处打打闹闹的小孩，是在羡慕他们的纵情恣意；还有的半蜷着花苞，是害羞的姑娘啊，收敛着粉粉嫩嫩的心事。蔷薇花开，为浅夏时节添了几许浪漫。

"簌簌槐花拂面香，绿荫成盖暖风扬。"浅夏时节，街道两侧的槐树都生出翠绿的枝叶，一串串银白的风铃似的槐花也缀满枝头。绿荫成盖，暖风轻扬，此时的空气里也都带着满满的槐花清香。深深吸一口，沁人心脾啊，就好像喝了一盏香香的茶，整颗心都被浸泡在馥郁的浓香里。我望着梢头无数串槐花，它们开得那么浓艳，那么繁密，这要是等花落了，岂不是满地纯白？忽而想到一句诗："薄暮宅门前，槐花深一寸。"落了一地的槐花，竟然可以有一寸深，这落地的哪里是槐花，分明是流逝的韶光啊。它们在浅夏时节就已热烈地绽放过，当花期过去，便簌簌坠地，满地芳华堆积，无怨也无悔，而后静待来年，再度与夏相拥。

夏意渐浓。浅夏这一场场花事，是一首首优雅深情的诗歌，字里行间流淌着葳蕤的绿。我们浅低吟唱着，也触摸到花儿那绵密的心事。

六月好时光

时光走了一程又一程，转眼间，一年的光阴已过半。浅夏的风慢慢吹，六月，来到我们身边。

六月，是纯真烂漫的。幼儿园里，小学校园里，处处欢声笑语，孩童们穿着五彩缤纷的表演服装，欢乐地舞蹈着，愉快地歌唱着，一串串银铃般的笑闹声，在校园上空回荡。朝霞灿烂，暖风轻扬，花草丰茂，自然界的一切，都是生机盎然的，一如活泼可爱的儿童，带给我们蓬勃向上的生机。六月的第一天，是属于纯真烂漫的孩子们的节日。

六月，是激情飞扬的。即将来临的高考、中考，为这个奋发昂扬的时节，点染了一抹紧张的气息。教室里，书香弥漫，孩子们埋首在课桌上的书堆里，奋笔疾书着。他们时而写、时而算、时而沉思、时而微笑，纷飞的书页间，笔墨"沙沙"声在流转。他们是在描画自己灿烂的未来！六月，是属于青少年的时节，他们像早晨八九点钟的太阳，明媚绚烂，铺展出一片耀眼的光，将那葱茏的绿都镀满金黄色。他们对梦想的执着追求，也让我们感到活力四射。

六月，是繁忙且充满希望的。骄阳似火，绿意盎然。田垄里的冬麦已成熟，阵阵金黄的麦浪翻滚着，一穗穗饱满的谷子，在夏风中笑弯了腰。此时的田地里一片繁忙景象，农人们挥洒着汗水，奋力地抢收麦谷。这是他们劳作了半载的成就啊，之前的辛勤耕种总算没有白费，眼前这丰盈饱满的粮食，正是大自然对他们辛苦耕耘的最好回馈！

六月，粽香浓浓。此时，雨水渐渐丰沛了，气温也一日比一日高，夏虫进入旺盛生长阶段，山野间处处充斥着小虫的嘶鸣声。河畔的芦苇也生长得肥硕丰茂，人们采摘着叶片，将白莹莹的糯米、甜丝丝的蜜枣尽数包入苇叶，然后裹紧，放入沸水中煮熟。这是粽香四溢的时节，是暖意融融的时节，也是勾起我们无限乡愁的时节！一个个小巧可爱的粽子，包着无限的甜蜜，包着丰收的希望，也包着儿时最美好的回忆。吃一口粽子，米香和着枣香在唇齿间弥漫，人们心底对故乡的眷恋也油然而生。

六月，是纯真的，是充满希望的，是繁忙的，也是温暖的。童年的记忆，在六月的好时光里蔓延，带我们捡拾起曾经那颗赤忱纯净的童心。拼搏奋斗的人们，也都抓紧时机奔赴自己的梦想。夏风习习，绿荫成盖，粽叶飘香，六月，一切都是美好的模样。这个六月，愿你事事顺心，愿你健康常在，愿你梦想成真！

追随秋的脚步，静赏园林风光

白露过后，秋意正浓。晨光冲破云层，照耀在淡色的天空。微风徐徐，温柔拂过人的发梢。我带着孩子，一边数着天上朵朵白云，一边迎着朝阳走向不远处的公园。

捡拾一簇秋叶

我们穿过小径，踏在木栈之上。只见，片片黄叶洒落，铺满道路。

我拾起一簇秋叶，那上面已爬满斑斑点点的暗色痕迹，有的叶片已经缺损。不知，这些黯色的印痕，是瑟瑟秋风留下的吗？这些残破的缺损，是被各类秋虫啃食掉的吗？

一棵大树底下，堆满无数陈年旧叶。这些叶片上落满时光的尘埃，曾经那明亮的黄色也早已褪去，变得黯淡无光。

虽然这些旧年落叶，没有新落的秋叶那般耀眼，但它们依旧默默滋养着脚下这片土地。它们的身躯已被岁月化作腐朽，却依然努力释放各种营养，悄悄为这棵大树的根提供源源不断的能量。

它们努力为新生的树叶输送激情与活力，就像早已退休的老教授依旧著书立说一样，要把自己的余温发挥至最后一刻，为这世界提供更新更好的知识内容。

静观一汪秋水

不远处，我听到一阵潺潺的流水声。这条小小的溪流，唯有在夏日雨水充沛之时，水流才会"丰满"些。

如今已是仲秋时节，这一汪秋水静静流淌着，不似盛夏那般湍急，如今它已经变得安然若素。宛如秋姑娘温柔的眼泪，一滴滴滑落，几乎听不到它的声响。

这一汪秋水默默汇聚至低洼水潭处。它真的非常沉静，沉静到任由许多枯枝败叶漂浮于水面，它依旧安然无波。

这潭秋水很澄澈，它倒映着清爽的秋空，还有岸边挺拔的树影。这潭秋水小小的，却包容着世间万物。它沉静，且胸中有大格局。老子曾言："上善若水。"可见所言非虚。

偶遇一众秋树

秋天的树依旧青翠，但仔细看时，已泛起点点黄色。阳光透过叶片，这浅浅的黄色更加明显。还有的树，如今已是绿色与黄色彼此平分个半，仿佛一位时髦的少年，将自己浓厚盎然的头发，染成一半明黄。

园中众多树木，唯有松柏四季常青。它们不惧风霜雨雪，无畏酷烈阳光，始终着一身葱茏的苍翠，静静站立在园林一角。不管何年何月，亦不管何种季节，它们始终坚守心中信念，不改初衷、不变颜色，人们在万物萧瑟收敛的时节，也能看到它们那一抹温柔的绿。

细赏一丛秋花

走过弯弯曲曲的回廊，我看到蓝色的栅栏中间生长着一簇簇繁茂的秋花。此刻，它们正开得热烈欢快，开得烂漫天真。

那一方栅栏里，有娇俏可爱的秋英花，有明黄艳丽的万寿菊，有嫣红火热的一串红，还有硕大无比的大丽花。

它们或随风轻舞，或巧笑倩兮，或团簇耀眼，或绽放璀璨，每一朵，都开至最绚烂。它们为众人送来无尽的芬芳与明媚，还将这清朗的仲秋时节点染得诗意盎然。

俯瞰一片秋苔

亭台之外的角落，一片片绿意盎然的青苔，爬满潮湿的土地。

这小小的青苔，虽不引人瞩目，却也是无数小虫与微生物繁殖的绝佳场所。

它们不及树木那般高大惹眼，也不及秋花那般灿烂明艳，却也极尽所能地为各类微小生物提供了一处赖以生存的家园。

恰如我们每个平凡的人，纵然你在社会上没有光芒耀眼的头衔，没有价值连城的宝藏，也没有万千白银供你挥霍，但，你是父母手掌心里的宝贝呀，你也是爱人与孩子的顶梁柱。我们每个人，都是所爱之人眼中的唯一，是他们坚挺的靠山。

瞥见一个追光的人

走过一片树林，我看到有位少年正捧着一卷书，迎着那一缕熹微的晨光，高声朗读着。

是呀，一日之计在于晨。万物都在这明朗的清晨努力释放明快活泼，我们人，更应该抓紧时光认真读书。我想，这位少年读的不仅仅是书本，更是在勾勒他往后灿烂人生的轮廓。

在离他不远的地方，有一棵海棠树，这个时节，这棵树早已结满碧绿的果子，只待时机成熟，就会变得嫣红饱满。这位少年，一定也会因这番刻苦的努力而得到满满的收获。

所以，你只需静静付出，莫问前程，一切好运皆会与你相伴随。

秋，是那样安静美好。秋叶、秋水、秋树、秋花、秋苔，还有那些昂扬向上的人儿，一切都充满希望与活力。愿这一派静美的秋日风光，为你带来心灵的安然静谧。

风起叶落，醉在晚秋里

时光流转，刹那间深秋已至。万山红遍，层林尽染。秋，像一位手执笔墨的画师，轻轻泼墨，挥就一幅绚烂多彩的秋色长卷。风起叶落，我醉在晚秋的诗情画意里。

街道两侧的树，此时已漫上片片金黄。秋阳璀璨，温柔地铺洒在片片黄叶上，泛起耀眼的光。黄色的树叶缀在枝头，宛如跳跃的小精灵。

它们在微凉的风里轻摆、摇晃，在枝上唱着一曲意韵绵长的秋之歌。秋叶静美，它们为这一幅深秋之景增添了一丝灵动与雀跃。

秋风瑟瑟，将树上无数叶片卷起。远远望去，色彩绚丽，有红叶、有黄叶、有绿叶，还有褐色的叶片……斑斓多姿，宛如一只只翩舞的蝴蝶在迎风招展。

那些风中飞旋的枯叶，是秋的信使。片片落叶向你飞来，那是风在向你邮寄秋的思念。

风停，叶落。整整一条道路上，铺满层层叠叠的树叶。满地黄叶堆积，这是爽朗的秋为我们铺设的厚实又绵密的金色地毯，轻轻踏上去，有着道不尽的舒适。

漫步在满地落叶的街道，脚下的黄叶发出一阵阵悦耳的"沙沙"声，恍如一曲安谧的音乐，予人心底无限惬意。

拾一片落叶，悠悠清香散逸而出。如果把这一枚秋叶做成书笺，一定会把秋天的香气珍藏。墨气弥漫的书页里，也会沾上绵长的秋香。整整一个秋天，都会被这香气熏染，变得明净起来。

枯叶翻飞的时节，若是再碰上一场秋雨，那就更美了。

秋雨如丝，为清朗的天空织起一帘淡烟薄雾。细雨蒙蒙，黄叶悠悠坠地。那缠绵的雨声里，有着落叶无尽的眷恋。

你听到了吗？落叶在风里倾诉，在雨中呢喃，在向大树依依不舍地告别。秋雨滴落在叶片上，发出的清脆之声，那是它们在浅唱一首秋之恋歌呀。

秋叶，是晚秋的使者。

"落多秋亦晚"，当你看到层层密密的黄叶堆满街道之时，便知秋色已晚。

"一朝辞故枝，飘飘难为情"，片片黄叶远离了枝头，落入泥淖，那坠落一地的，哪里是枯叶，分明是晚秋里诗人那颗无限眷恋的心。

叶落飘零，并非无情。它们被晚秋的风一一打落在地，没有怨言，只是静静地让自己的身躯沉浸在泥淖里，任秋风漫卷，任秋雨淋湿。渐渐地，它们会被光阴寸寸瓦解，被土地默默吸收。

哪怕化作烟尘，它们依旧会持续为大树输送养分，以自己不灭的"灵魂"，不断呵护头顶那棵大树。落叶是深情的，它们化作春泥，滋润根脉，让大树来年继续发芽，继续繁茂，继续变得郁郁葱葱。

秋风起，秋意浓。落叶翩舞，醉了心，亦醉了魂……

雪落倾城，念你安好

十二月，冬意流转。寒凉的气息，静谧地穿梭在时光无涯的荒野里。

我在期盼一场雪落。隆冬时节，唯有一场晶莹素白的雪可以慰解这深冬的寂寥，为我们增添一缕浪漫诗情。

晨起，掀帘。只见窗外一片白茫茫，明晃晃地映入我的眼帘。我欣喜万分，今冬这一场雪，终于被我盼来了。

我走在熟悉的街道上，远远望去，整个世界都弥漫起一片朦胧。天地之间，素白一片。

屋檐上，落满一层厚厚的白雪。画廊檐亭，宛如披着银缎的端丽美人，安静祥和地站在那里，在冲我温婉地微笑。

路旁的树干，早已剥落了枝头黄叶，只剩下光秃的枝丫。此时一场雪飘然而落，便为这一排排清简的树缀满玉叶琼枝。

枝头落雪，莹白粲然，真如一树一树洁净的梨花在翩然绽放。冬风拂过，"梨花"悠然飘落，为这寒意深深的冬，带来一抹嫣然诗意。

我仰望苍穹，寥廓的天空之上，无数雪花在肆意飞舞着。它们是上天派来的"小天使"呀，为我们送来寒冬腊月的气息，也为我们带来大自然的缱绻温柔。

雪花落在人的脸颊，柔柔的、痒痒的，那是冬在温淡平和地轻抚你。雪花落在你身上，那是冬在为你编织一袭华美的银裳。

雪花纷纷扬扬，就像月光洒落的碎片。它们落在你的窗牖前，集满密密层层的银霜。它们飘落于你的书页上，很快便化作一滴滴透明的小水珠，而后又洇成点点落痕，为你笔下的诗笺增添一抹灵动。它们从九万里高空悠然坠落，每一朵都镌满细密的想念。

冬风在旋转，雪花在飘飞。它们就像一对痴情缠绵的恋人，始终不离不弃、相依相伴。雪，在风中翩舞；风，在雪里歌唱。

雪花漫天，宛如天上的桂树，在抖落无数银瓣。它们在寒意蔓延的冬天里簌簌地飞着，静谧安然。

它们是在唱着一支喑哑无声的歌呀。若你静心聆听，你一定会听到那歌声里有着寂寥的缠绵，有着清雅的思恋，也有着空灵的诗意。

雪花婉转如诗，随风飘落。

它们落在山川，山河万里便披上一层银白的衣衫，尘世里那些纷纷扰扰，也被尽数掩埋。

它们落在枝头，千万棵树木便瞬间绽放了华光，宛如枯木逢了春，入眼皆是灵逸。

它们落在木栈林间，荒凉大地便铺上一层细润绵密的银毯，轻轻踏过，留下一串串深深浅浅的痕迹，还会发出轻灵悦耳的踏雪之声。

雪落倾城，那朵朵盛放的雪花，每一朵都饱含冬天的眷恋。

推开窗，轻轻用手接捧，那小小的冰花就化作指尖冰凉的雪水。晶莹剔透中，还隐藏着我对你的惦念。

愿冬日里这一场雪，为你带去盎然的诗情，也为你送去我的祝福。雪落为念，盼你安好。

第二章

节气之歌

立春：愿所有美好，迎春而来

春至阳生，岁律回转。凛冬悄然远去，春天来了。

立春，是二十四节气之首。"立"，即开始；"春"，代表温暖、生长和希望。立春之日，就是希望开始的日子。

经历了一个冬的沉寂与萧瑟，春姗姗而来。"她"像温婉可爱的姑娘，披着一身的明媚，涉水而来。跟随"她"的步履，春日之景宛如一幅幅美丽动人的画卷，在我们面前徐徐展开。

沉静的枯树被唤醒，枝条上抽出鹅黄的新芽；含苞的红梅不再羞羞答答，露出温柔的笑靥，向人们报告春来的消息；解冻的河水上漂浮着片片碎冰，像鱼儿在游动，又像河面上绽开的冰凌之花。春寒犹料峭，万物始复苏，一切都是欣欣向荣的模样。

立春之日，春和景明，惠风和畅。大好时光莫辜负，暂时放下一切烦扰之事，去郊外寻找早春的芳踪吧。

此时，迎春花已盛开，星星点点的小花，正在风中梳弄着自己的瓣儿，那羞涩可爱的模样，惹人怜惜。

风有信，花不误，年年岁岁不相负。赏一枝烂漫春花，沐一片温柔春光。

你可以闭上眼睛，静静感受春风的轻抚，轻嗅风里飘来的花香。凝神静气，摒除内心的繁杂，你一定还会听到枝头鸟儿的欢唱。愿这烂漫的春光，为你送去一缕欢欣，驱散你心底的落寞与阴霾。

立春之日，民间有"咬春"习俗。摊一张极薄的饼，把春天的各种时令蔬菜都卷起来，或蒸制，或油炸，做成一只只可爱的春卷。

咬一口，香气顺流而入，春天的气息在你的舌尖绽放。愿这香甜的味道，为你送去早春的清新，让幸福盈满你心间。

立春之日，是春耕开始的时节。民以食为天，我们中华民族是被农耕文化滋养出来的，立春是希望，是生机。春回大地，万物复苏，禾苗自然也要如期生长，因此我们的祖先十分看重这个时节。

古时有"打春牛"的习俗，人们在立春日，用泥土制成土牛，并且在牛肚子里装满五谷，向春牛叩头后，再将其打碎，然后一拥而上，将春牛和谷物抢回家，寓意今年得个好收成。

苏轼有诗云："春牛春杖，无限春风来海上。"暖风吹醒了小草，吹开了花儿，也吹来了春耕的希望。

青青禾田里，农人们一边踏着田垄，一边赶着耕牛。他们播撒着谷物的种子，种下一季的期盼，也种下一年的丰盈。

农人的辛勤耕作，会带来丰收的喜悦，同样，你的不懈努力，也终将为你带来耀眼的成绩。

春天，种下一颗希望的种子，并用辛勤的汗水去浇灌它，有朝一日，定会结出丰硕的果实。愿这希望的日子，为你带来不竭的动力。继续耕耘你的梦想吧，终有一天，你会收获想要的成功。

一年之计在于春。愿你珍惜时间，莫负春光。将过往一切都清零，整理心情，新的一年，继续扬帆起航。

愿你春安顺遂，福暖绵长。愿你不忘初心，砥砺前行。愿所有美好，皆迎春而来。

雨水：小雨纤纤风细细，与君共赴好时光

春姑娘被时光的风，吹开了惺忪的睡眼。"她"梳弄着轻盈的长发，翩舞而来。春寒料峭，雨水节气悄然而至。

雨水，是二十四节气中第二个节气。

《月令七十二候集解》有曰："正月中，天一生水，春始属木，然生木者必水也，故立春后继之雨水。且东风既解冻，则散而为雨矣。"

正月即将过半，东风渐暖，吹开了冰封的河水，吹醒了疏落的草木，也吹来了绵绵的细雨。

唐代韩愈曾写诗道："天街小雨润如酥，草色遥看近却无。"

此刻，春风拂面，草野青青。春雨蒙蒙，宛如在天地间织起一帘幽幽薄纱，轻盈、剔透。细碎的小雨，柔柔地铺洒在泥土之上，滋生出一片嫩绿的小草芽儿。春雨是温婉的，像慈爱的母亲，催生了千枝百叶，催开了万朵鲜花。

你看啊，远处的山峦遮了一层朦胧白雾，那是清秀的佳人披了一身婉约的裙裾；你看啊，细润的纤雨在轻吻鹅黄柳叶，那是痴情的人儿，在向心之所爱倾诉一缕缱绻情思；你看啊，一澜春雨，又一次染绿了江南水岸，那是活泼的春姑娘，在调皮地描绘一幅春日画卷。

我好想与你，一同沉醉在这场绵绵春雨中，任微风拂面，赏烟雨蒙蒙。

吹面不寒杨柳风。我愿与你执手相牵，一同踏在草色青青的烟柳画

桥上，让春雨轻抚脸颊，任柳絮沾满衣襟。然后彼此相视一笑，温暖就如这朦胧的烟雨一般，飘落在心间。

古人云："一百五日寒食雨，二十四番花信风。"风有信，花不误，年年岁岁花相似。

如果说春风是花的信使，那么花就是春风最忠实的朋友。花儿是有灵性的，"她们"听得到春风的声声呼唤，会在特定的时令倏然绽放。就像收到风的信一般，"她们"以绚烂的花姿，回应风的深情。

雨水时节，会有三种花应风而开，"她们"分别是油菜花、杏花和李花。

你看啊，江南的田野里，大片大片的油菜花已盛开，黄得耀眼，开得烂漫，宛如一群俏皮可爱的姑娘，在迎风招展，在翩舞飞扬。"她们"吮吸着甘甜的春露，如同茁壮成长的婴孩，在迷蒙的小雨中欢笑。

你看啊，田垄边上那一树一树的杏花，已生出圆润饱满的花苞，粉粉嫩嫩的，像即将撑破的小蛋壳，只待春风将"她们"完全吹绽。

你看啊，水泽湖畔那些挺立的李子树，它们正在等风来，等光阴织就一段锦瑟芳华。等悠然的暖风吹来，轻抚它们的枝干；等温柔的春雨降临，絮说绵密的心事；等静好的时光到来，催发纯白的花朵。

我好想与你一同沉醉在这场绚烂花事里，任花瓣蹁跹，让花香染衣。

沾衣欲湿杏花雨。我愿与你不期而遇，一同漫步在繁花似锦的红尘紫陌，任春花迷醉我的眼眸，让微雨沾湿你的发梢。纵然沉默无言，依旧会感觉到，心间那朵幸福的花儿在轻轻盛开。

雨水时节，乍暖还寒时候，最难将息。唐代孙思邈说："春时宜食粥。"南瓜粥清甜，百合粥安神，小米粥养胃，茯苓粥养心。

这样清寒的时刻，我好想为你熬上一锅米粥。看水米翻腾，看热气氤氲，看一颗颗珍珠似的米粒在水中浮沉。

然后关火，盛上一碗淡淡的粥，小口啜饮。那甘甜的味道，就在胃里顺流而下，周遭的寒气，也被驱散。一碗热粥下肚，温暖又畅然，而后轻装前行，迎接春天的希望。

小雨纤纤风细细，与君共赴好时光。

愿你在这世间，能找到一个可心的人，可与你一同静立小楼，聆听春雨"沙沙"，也可与你在翌日清晨采一篮杏花，款步深巷，迎着朝阳，沿街叫卖。

愿你在这世间，能寻到一个体贴的人，可与你在绣榻闲时并吹红雨，也可与你在雕阑曲处同倚斜阳。

愿你在这世间，能觅到一个善良的人，可与你立黄昏，也可问你粥可温。碌碌凡尘，你们无谓风雨，一同携手，采撷人间诗意，漫品春日盛宴。

惊蛰：微雨众卉新，一雷惊蛰始

时光缠绵，将春天的风挽成一朵相思的花。几场微雨过后，惊蛰时节悄然而至。

惊蛰，是二十四节气中的第三个节气，又名"启蛰"，西汉时因避汉景帝刘启的名讳，改称"惊蛰"。惊，就是"惊醒"，惊蛰，即天上的春雷惊醒地上蛰伏的小虫。

西汉《大戴礼记·夏小正》有曰："正月启蛰，言发蛰也。万物出乎震，震为雷，故曰惊蛰。是蛰虫惊而出走矣。"

惊蛰时节的春雷声，就像大自然定时响起的闹铃，春雷乍惊，响彻云霄。这滚滚的雷声，唤来春雨绵绵，唤来春生的希望，也唤醒天地万物。花始发，草初长，蛰虫张开迷蒙的睡眼，开始在微湿又芬芳的泥土里疾走乱窜。

此时正值九九艳阳天，农人们正在禾田里，忙着春耕。春光作序，绿野千浮。柳枝已生出新芽，正在微风里徐徐飘舞。千万条碧绿的丝绦里，有无数只黄鹂鸟在穿梭，还发出阵阵婉转动听的啼鸣声。

鸟语灌满农人耳畔，暖风轻抚他们的脸颊，一片明媚中，是喜悦在蔓延，是希望在滋长。他们辛勤的汗水，滴落在松软的泥土中，而后等待时光，把小小的种子，凝结成大大的果实。

春日暖风和煦，农人们种下的是春耕的希望。而我们每一个人，也都行走在素色光阴里，为自己的理想而奋斗。所以，不要惧怕生活的艰辛，你要相信，如今你正在经受的苦终会过去，有朝一日定会结出最丰硕、最甜美的果子。

风有约，花不负。惊蛰时节，有三种花会应风而开，"她们"分别是桃花、棣棠和蔷薇。

"桃之夭夭，灼灼其华。之子于归，宜其室家。"

江南水岸的桃花已盛开，一朵一朵，开得潋滟，开得蓁蓁。花瓣粉粉的，宛如美人搽了胭脂的脸颊，那酡红的颜色，简直醉了人心。

唐代诗人崔护写道："人面不知何处去，桃花依旧笑春风。"

千年之前，那一场不期而遇的邂逅，就像这一朵朵娇艳欲滴的桃花，盛开在他的心间，令他心驰荡漾。那女孩眸光澄澈，温婉地朝他一笑，娇俏嫣然、妩媚动人。那张鲜妍的脸颊，恰如这粉粉的桃花，有着宜室宜家的静婉贞丽。

他执笔流年，沐一缕春风，采一朵曼妙的桃花，蘸着相思，写下这春心萌动的诗句，也铸就了一段千年不朽的爱情传说。

"常棣之华，鄂不韡韡。凡今之人，莫如兄弟。"

惊蛰过后，水泽湖畔的棣棠花会次第而开，一簇簇明黄色的花儿，在风里摇曳，像极了血脉相连的亲兄弟，彼此相依、守望相助。山风阵阵吹来，棣棠散逸出舒雅的清香，抚弄着人们心底那一抹乡愁。

宋代诗人彭汝砺曾写诗道："雨润棣棠千叶叶，云深鸿雁一行行。"

春雨细密，在风中飘摇，淋湿了棣棠千千叶，也打湿了诗人那一颗思念的心。棣棠花在微雨中怯怯地开，就如诗人心底那一缕对故乡的眷恋，在时光里肆意生长。

雨丝漫漫，花瓣舒展，远方的亲人可还安好？他是否正站在故乡的田垄上，赶着耕牛，春种一粒粟？如果可以见面，他好想与自己的亲兄弟浅酌几杯淡酒，同他举杯话桑麻，与他共饮一江水，聊聊悲喜，谈谈人生，让自己的心变得恬淡安然。

他泼墨抒怀，听一澜春雨，赏一枝耀眼的棠棠花，饮一盏回忆的酒，写下一首意蕴绵长的诗歌，也把自己千年之前的心绪雕刻成一朵绵亘的花。

"梁燕语多终日在，蔷薇风细一帘香。"

惊蛰时节，梁间燕子多了起来，叽叽喳喳的，好不热闹。它们在低喃，在细语，在温柔地依偎。隔了整整一个冬天的思念，它们一定有很多话要与你诉说。春风轻拂，花帘被掀起。篱笆外的蔷薇花香，一丝一缕地飘来，拨弄着你的心湖。

宋诗有云："清溪曲曲抱山斜，绕溪十里蔷薇花。"

溪水畔边，一丛又一丛的蔷薇花热烈地开着，色彩万千、绚烂无比。微风浮动，花朵蹁跹，蔷薇花们在与春风共舞。清溪叮咛，那是明澈的春水在为它们奏一曲轻快的赞歌；蜂蝶停驻，那是蛰伏了一个冬的虫儿在对着它们倾诉缱绻的心事。

千年之前的诗人们，在这个春光烂漫的时节里聆听燕语呢喃，轻嗅蔷薇花香，把自己缠绵曲折的心思誊写在泛黄的岁月里，也为我们留下那满纸的花香。

惊蛰是一首充满希望的诗，植下一脉绿，收获一个春；惊蛰是一曲春意荡漾的歌，唱出一片情，温暖一颗心；惊蛰是一段温柔和暖的文字，句句透着缠绵意，字字淌着旖旎情。

今日惊蛰。愿你不负春光，优雅前行。

春分：谁把春光，平分一半

春光明媚，绿野千浮。和暖的春风，吹绿了小草，吹醒了花儿，也吹来了小鸟欢快的歌声。春意渐深，春分时节已来到。

春分，是二十四节气中的第四个节气。《春秋繁露》有曰："春分者，阴阳相半也，故昼夜均而寒暑平。"

这一天，太阳直射赤道，南北半球昼夜平分，同一经线上的人们，无论天南地北，都将在同一时刻迎来日出。

春分过后，太阳直射点逐渐向北移，北半球各地白昼渐长，黑夜渐短。因此，春分时节，充满着无尽的明媚，也给人带来无限的希望。

春分有三候：一候玄鸟至，二候雷乃发声，三候始电。

一候玄鸟至。玄鸟，即燕子，它们最能感受到春的气息，春分而来，秋分而去。

白居易有诗云："几处早莺争暖树，谁家新燕啄春泥。"

春暖花开的时候，新柳早已抽出鲜嫩的枝条，燕子翩飞，发出婉转悦耳的声音，正在愉快地搭筑自己的新巢。它们寻着春的芳踪，滑翔在温暖的尘世里，将这万紫千红的季节，点染得灵动活泼。

二候雷乃发声。如果说惊蛰之雷是唤醒万物的号令，那么春分时的雷声，会让万物更加欢欣。

唐代元稹有诗云："二气莫交争，春分雨处行。雨来看电影，云过听雷声。"

春分时节，是寒暑之气相交的时节，当春天的浓云团聚在一起，天空发出阵阵雷鸣之时，就会有一场场及时的春雨飘然而落。

春雨绵绵，滋润着碧绿的原野，也浇灌着田里的庄稼。当春分之雷乍响，微雨舒然而来，仲春的暖意会一点点浸染人间。

"春分雨脚落声微，柳岸斜风带客归"，春雨"沙沙"，细碎温润，如诗一般，在天地间斜织起一帘淡纱薄雾。碧柳随风蹁跹，宛如少女轻柔的发丝，拨弄着春的心弦。

"雨霁风光，春分天气。千花百卉争明媚"，雨霁初晴，千万朵娇花被微雨打湿，瓣上犹挂着晶莹的水珠，像极了美人的梨花泪，俏盈盈站立在春的一隅。

一阵春雷一阵雨，一场春雨一场暖。春分时节，雷乃发声，此后的每一天，都会增加一分春暖；此后的每一刻，绿意都在变浓；此后的每一秒，花儿都在蓄力，等待绽放。

三候始电。电者，阳光也。四阳盛长，值气泄时而光生焉。

春分时节，春光明媚，春天的阳光铺泄千顷河山，就像一张金光耀眼的巨毯，披在万物身上。

春光洒在青山上，山都变得眉目清婉、婀娜多姿；春光洒在绿水间，水都变得波光粼粼、浮光跃金；春光洒在田野里，无数禾苗都在沐浴阳光，拔节生长，等待最丰硕的果实；春光洒在人身上，每个人眼中都泛起星星点点的希望之光。

春分时节，我们行走在这柔媚的春光里，轻抚春风，慢嗅花香，目之所及是花红柳绿，心之所向是春和景明，还有什么比春分更加令人心驰荡漾？

春日迟迟，陌上花开亦妖娆。这个时节，就让我们一起走进大自然吧。去踏青，去赏花，去感受春风习习，去聆听花信风的呢喃。

"草长莺飞二月天，拂堤杨柳醉春烟。儿童散学归来早，忙趁东风放纸鸢。"

你看，远处的小草早已是绿茵一片，还有很多可爱的孩子在那上面打着滚，在嬉闹着，欢声笑语回荡在天地间；你听，千万只黄莺在啼叫，它们沉睡了整整一个冬呀，此刻终于团聚在一起，在叽叽喳喳地聊天，满腹的话语，倾诉不尽；你抬头看呀，碧空如洗，上面飘飞着无数只鲜艳的风筝，就像天上盛开着的点点繁花。春日时光静好，游人如织，他们都在趁着东风，忙放纸鸢。

春分时节，会有三种花次第而开——海棠、梨花和木兰。

"海棠不惜胭脂色，独立蒙蒙细雨中"，海棠花未开之时，似点点胭脂，红得耀眼，当花儿盛开，红色渐褪，就变成粉红色，像羞涩的少女，轻轻敷了一层水粉，色若明霞、优雅迷人。

"玉容寂寞泪阑干，梨花一枝春带雨"，梨花盛放于枝头，层层密密，蜂蝶环绕，宛如春雪落于花枝，却又比雪多了一脉清香。梨花花色素淡，香而不艳、俏而不妖，亭亭玉立，宛然如诗，令人沉醉。

"山吐晴岚水放光，辛夷花白柳梢黄"，春分时节，玉兰花已盛放。一朵朵鲜艳欲滴的花儿昂然挺立于枝头，就像一盏盏酒杯，里面盛着春天的佳酿；又像一只只鸟儿停驻于枝头，留恋春天的温暖；还像被生命撑破的蛋壳，裹藏不住春的希望。我们静立于玉兰花下，赏着那一朵朵花的娇艳，就好像自己的心也沉浸在暖意融融的春梦里。

春分时节，不仅仅是一个春光灿烂的时节，更是一个充满智慧的时节。

春分这日，特别在一个"均"字，均分了昼夜，均分了寒暑，均分了春色。

春分之日，昼夜平分，阴阳相半；春色平分，寒暖相半。春分之前，春寒料峭，春日迟迟；春分之后，春暖花开，暖意融融。

而我们的生活，也是一半一半的最为智慧。人在世间行走，总要持一半清醒，留一半糊涂；人在生活里浮沉，也要保持一半烟火，一半诗意。彼此均衡，才能绽放出最华美的光彩。

清代词人顾贞观有云："谁把春光，平分一半，最惜今朝……趁取春光，还留一半，莫负今朝。"

春分时节，愿你不负春光，赏花踏青，且行且歌；愿你珍惜时间，播种梦想，收获希望；愿你与心悦之人共沐春风，往后余生尽是鲜花烂漫。

清明：一岁一清明，一年一追思

清明，是二十四节气中的第五个节气，也是中国四大传统节日之一，兼具自然与人文两种属性。

《历书》有云："春分后十五日，斗指丁，为清明。时万物皆洁齐而清明，盖时当气清景明，万物皆显，因此得名。"此时，天清气明，惠风和畅，草木旺盛，繁花盛开，正是踏青郊游的好时节。

"清明时候雨初足，白花满山明似玉。十里春风睡眼中，小桃飘尽馀新绿。"

每年清明，都会飘一场蒙蒙细雨，润湿了万物，染绿了人间。梨花似雪，缀满枝头，宛如白玉一般清纯雅致。春风习习，吹绽了山桃，吹醒了小草，也吹来微醺的暖意。这个时节，春意荡漾，微雨绵绵，天地变得明媚清朗，令人沉醉。

清明有三候：一候桐始华，二候田鼠化为鴽，三候虹始见。

清明时节，紫桐花一树一树地开放，团团簇簇的，那是大自然的巧手，细心编织出的密密匝匝的绣球。

田鼠们悄悄探出小脑袋，感受这和煦的春风。鸟儿们叽叽喳喳地欢唱，悦耳的鸣叫声飘荡在四面八方，好似奏响一支春天的交响乐。

这个时节，阴云密布，细雨缠绵，空气中弥漫着轻盈的水雾。春日的阳光若隐若现，穿透朦胧的雨滴，在遥远的天边架起一座七彩虹桥。

清明是一个春意盎然、诗情满满的时节，是大自然清朗欢脱的一笔，蕴含着无限的生机与希望。

清明时节，春光大好，清和景明，人们都会走出家门，赏花、荡秋千、观柳、放风筝。当然，还有更重要的习俗，那就是扫墓祭祖。

烧一沓纸钱，燃几柱清香，摆一盘祭果，诉一怀愁绪。清风拂来，燃烧的纸片随之飘旋，如同翩舞的黑白蝴蝶，席卷着人们心底那一抹最深的牵挂。微风把袅袅香气吹向空中，也把那一句句生死别离的眷念，送去天边。

这是中华民族最隆重的祭祀节日。在这个仲春与暮春相交的时节，祖先们设立这样一个纪念的日子，是为了让活着的人寄托深刻的哀思。

白居易曾在《寒食野望吟》中写道："风吹旷野纸钱飞，古墓垒垒春草绿。棠梨花映白杨树，尽是死生别离处。"

旷野青青，绿意盎然。淡粉色的海棠花开得绚烂无比，素雅的梨花朵朵压枝低，杨絮纷飞，一片青葱映入眼帘。清明正处于仲春时节，处处生机勃发。

然而，青草掩映着"垒垒古墓"，又昭示着生命的衰亡。生与死，别与离，希望与忧愁，现实与回忆，都在这一刻交会。

宋代诗人黄庭坚也说："佳节清明桃李笑，野田荒冢只生愁。"

花儿艳丽，绿野千浮，荒冢也被青草湮没。方寸之地，一边是草木芃芃娇花俏，一边却是生死茫茫两相隔，一喜一哀，这样复杂的感情，也唯有清明会有吧！

一岁一清明，一年一追思。清明，万物葱茏，花草喧嚣，唯有记忆，最是安静。就让我们深情缅怀那些故去的人吧，愿人间繁花似锦、暖意融融，也愿你安康顺遂、幸福无忧。

谷雨：一帘细雨百谷生，暮春韶光正当时

谷雨，是二十四节气中的第六个节气，也是春天的最后一个节气。

古籍《群芳谱》有云："谷雨，谷得雨而生也。"此时降水明显增加，田里的秧苗、林间的草木，都需要雨水来滋润。谷雨时节，春雨连绵，给万物带来撒欢成长的最佳时机。

谷雨有三候：一候萍始生，二候鸣鸠拂其羽，三候戴胜降于桑。

谷雨时节，水面上的浮萍开始生长，绿意深深，衬得那一池春水宛如碧玉。

山林花草之间，杜鹃的啼鸣声声入耳、此起彼伏，像一支扣人心弦的曲子。听到杜鹃鸟的啁啾声，人们便知晓，该抓紧时间去春耕了。

这个时节，戴胜鸟降落在翁翁郁郁的桑树上。春意渐深，树木葱茏，桑叶开始变得肥硕、丰润，蚕宝宝们也开始茁壮成长。养蚕正当时，一切都充满希望。

谷雨时节，雨生百谷，细碎温润。雨滴从青色的长空里坠落下来，一颗一颗，砸在地面低凹处，溅起一圈圈涟漪。

你若静心聆听，一定会听到，春雨落下时那低回婉转的声音。就像一曲乐章，刚开始是舒缓的音符在你耳畔缠绵，紧接着，雨声越发急促，这是进入高潮阶段了呀，叮叮咚咚、嘈嘈切切，好似大珠小珠落玉盘，奏出春天的活泼与欢闹。

谷雨时节的雨，滴落在榆树梢头，绿叶上的尘埃，都被荡涤得一干二净；明艳的黄刺玫，在雨中欢快地沐浴、轻舞，眉眼俏盈盈的，透出无尽的欢喜与满足；丁香花站立在蒙蒙细雨中，远远望去，就像一团团朦胧的紫雾。

谷雨时的雨，沾湿了春花，染绿了枝叶，滋润了万物。田里的禾苗，因为这场雨，生长得愈发繁茂；土壤里的花种，在这场雨的浇灌下，拼命地生长、发芽、吐蕊；新生的树叶，也被这场柔雨冲刷得透亮可人。待到雨雾天晴，空气会变得更加明净清洁，草木亦会散发出淡雅的芳馨。

谷雨时节，正是采茶、制茶、喝茶的好时光。清代诗人郑板桥有云："正好清明连谷雨，一杯香茗坐其间。"此时，天气温暖，雨水丰沛，小芽可迅速长成新叶，谷雨时采的茶，色泽翠绿，叶质柔软，几乎凝聚了整个春天的精华。因此，人们会在这天喝一盏谷雨茶，品味春的清爽之气。

细雨如丝，茶山被笼上一层缥缈的白雾。茶树沾了水汽，变得鲜翠欲滴。此时的茶园里，穿梭着无数茶农的身影，他们辛勤地采摘茶叶，而后摊晒、炒青、揉捻、蒸压，历经数道工序，方能制成。喝时，取一小撮茶叶浸泡，看那一片片叶子在水中伸展、舒张，逐渐出色，细呷一口，唇齿之间尽是甘香。

制茶过程烦琐，可也是祛除苦涩的必要过程。正如我们的人生，经历一番苦痛挣扎，方能知晓幸福的滋味。品茶，其实品的是千姿百态的人生，入口虽苦，回味时却满口留香。

谷雨时节，暮春已至，花色向晚。这是春天的最后一次回眸，是春花们竞相绽放的最后一程时光。谷雨花信风有三，一候牡丹，二候荼蘼，三候楝花。

谷雨前后，是牡丹花盛放的重要时段，因此牡丹又被称作"谷雨花"。牡丹花花色鲜妍，俏丽多姿，红的像火、粉的像霞、白的像雪，朵朵硕大，尽显娇媚，像一群风姿绰约的舞女，令人赏心悦目。

牡丹开落过后，荼蘼花登场了。雪白的花儿在枝头展开笑颜，像月宫的仙女，一身缟素，冰清玉洁。开到荼蘼花事了，"她们"是暮春最后一抹亮色，惊艳了时光，染香了人间。

与荼蘼花同时开放的，是楝花。一丛丛淡紫色的小花缀满枝头，开得浩浩荡荡，那是对春天最后的道别，隆重且热烈。楝花开后始无春，当这一场烂漫花事结束，人间就真正走过春季，进入夏天了。

一帘细雨百谷生，暮春韶光正当时。谷雨，是一首明快的暮春之歌，是春天的休止符。这首歌的韵脚，是葱茏的绿意，是凝香的清茶，是飘零的花雨，也是如诗般的宁静。愿你我抓住春日这最后的时光，如万物一般蓬勃生长，始终保持对生活的热爱与敬意。

立夏：写给夏天的一笺情书

嗨，亲爱的夏天，你好呀！

四季的风，在时光里缠绵，暮春那一场绚烂无比的花事已然谢落。你踏着沉香的故梦，伴着如火的骄阳，满怀激情地步入人间。你像一位洒脱不羁的侠女，身着绿纱裙，英气中透着妩媚，一嗔一笑都令人沉醉。

夏，你路过人间的时候，一定看到各色草木那蓊蓊郁郁、蓬勃生长的模样了吧？万物在你怀里，都乐开了花。你带来的疾风骤雨，正是它们所急需的甘露琼浆呀，在你的滋养下，它们茁壮成长着。明代《遵生八笺》有云："孟夏之日，天地始交，万物并秀。"炎炎烈日，夏雨滂沱，清风鸣蝉，绿意葱茏，瓜果硕大，一切都是和美丰盈的模样。

夏，你知道吗？因为你的到来，小鸟们开始更加卖力地唱歌。青山、树林、花草、公园，四面八方皆是鸟儿的啼鸣声，唧唧啾啾，清脆悦耳，像低喃，又像絮语，它们在向你诉说这一年的思念。这个时候，蝉和蛐蛐儿也闪亮登场了，宁静的夏夜，它们躲在湿润的幽僻处，开始弹奏起悠扬的曲调，时而缓慢，时而悠长，时而急促，令人心旷神怡。"蝉噪林逾静，鸟鸣山更幽"，鸟叫、蝉鸣、蛐蛐儿声，声声入耳，它们共同谱成一曲婉转动听的夏之声，让性情燥烈的你，多了几分安然静谧的味道。

夏，你知道吗？因为你的到来，整个人间都变得绿意盎然。此时，山杏树叶在南风里飘摇，甜樱桃树的叶片在阳光下绿得透明，五角枫闪着嫩绿的光，葡萄架上也爬满青翠的藤蔓。这个时候，粉白的山桃花早已褪去，桃叶生了出来，密密层层的，又细又长，宛如古典美人那多情的桃花眼，甚是好看。枝梢上，结出许多小小的、青绿色的果儿，可爱极了。夏，你知道吗？这独属于你的"绿"啊，真是太漂亮了。是那种新生的绿，鲜亮的绿，活泼灵动的绿。这绿，好像在和明媚的阳光跳舞，在和欢脱的鸟儿共鸣，在和暖的风里，喜盈盈地微笑。你知道吗？就是在这样的"绿"中，才会有无数生命在孕育，在成长，在等待光阴，结出甜美丰硕的果实啊。夏，你给人们带来的，是无限的希望。

夏，你知道吗？因为你的到来，花儿都开得妖娆灿烂了。你看，火红的石榴花已经绽放，娇俏、嫣然，宛如新娘鬓间的簪花，开得喜庆又热烈。野草丛中，金黄的蒲公英花也开始点缀其间，明丽、璀璨，像星辰洒落天际，为我们营造出一个旖旎的梦。还有那满池的莲荷，"她们"也是极其爱你的，年年岁岁，都把美丽的花颜向你展露。荷花亭亭，婀娜多姿，夏风揉抚，起舞蹁跹，多美！一年四季，"她们"只为你献舞，是把所有的恋慕、全部的芳心，都倾付于你了呀。宋代周敦颐说："莲，花之君子者也。"莲花高洁，出淤泥而不染，濯清涟而不妖，因为莲的独特风韵，更加衬出你的清雅脱俗。

夏，你知道吗？我是极爱你的。我爱你的热情洋溢，爱你的明艳绚丽，更爱你的清幽宁静。你乘着悠悠南风，从遥远的海上，向我奔来，我也将心中那一抹深情，蘸着花香，诉于笔尖。暖风拂过，信笺被轻轻翻动，我知道，那一定是你，在调皮地抚弄我的情思。

小满：人间最美是小满

"枇杷黄后杨梅紫，正是农家小满天。"浅夏的风，缓缓拂过原野，樱桃红了，芭蕉绿了，茜纱窗外，蝶飞花舞，麦浪翻滚。夏天像一个茁壮成长的小孩，一日日地丰腴起来。不知不觉间，我们迎来了小满。

小满，是二十四节气中的第八个节气，也是夏天的第二个节气。《说文解字》里把"满"解释为"盈溢"，引申为"充满、饱和、足够"。小满，即"满而不足、满而不溢"。《月令七十二候集解》有云："四月中，小满者，物致于此小得盈满。"这个时节，夏熟作物的籽粒开始灌浆，但还未成熟，加上日益增多的雨水和逐渐攀升的气温，粮食作物开始繁荣生长，丰收指日可待。

小满，是一个诗情画意的时节。

"梅子金黄杏子肥，麦花雪白菜花稀。日长篱落无人过，惟有蜻蜓蛱蝶飞。"小满前后，正值初夏时节，梅树、杏树上挂着的果实，早已褪去青涩的外衣，被暖风染上一层明黄色。小麦抽了穗，开出小小的雪白的花儿。碧绿的菜畦里，一朵又一朵的菜花正开得稀疏，带着些许慵懒，在长风里摇曳。湖面上，几只蜻蜓快速扇动着如薄纱般透明的翅膀，它们轻点一下水面，便激起一圈圈涟漪。篱笆墙内的夏花，此时正开得鲜妍，一双蝴蝶在花儿周围翩翩起舞，像一对相依相伴的恋人，在倾诉心中无限的爱意。

"夜莺啼绿柳，皓月醒长空。最爱垄头麦，迎风笑落红。"小满时节，乡村的夜晚，繁星闪烁，皓月当空，夜莺在翠柳竹林间啼鸣，唱起一支婉转悦耳的歌。田垄地头的麦子正在努力生长，谷粒日渐饱满。微风吹来，禾苗笑弯了腰。它们发出窸窸窣窣的声音，好像在向人们讲述那即将到来的丰收乐事。

小满，是一个充满希望的时节。

这个时节的庄稼，需要大量的水资源来滋养，于是，田垄上便到处都是农人忙碌灌溉的身影。他们早出晚归，在河边踩着水车往农田里抽水，有时累得连腰都直不起来，但他们脸上却是笑盈盈的。此时正是雨热同期的好时节，田里的粮食作物，一边沐浴着温暖的阳光，一边汲取着清甜的甘露，在南风的揉抚下恣意生长。小满时节种下的粮食，承载着的是农民们这一季的希望啊。

男人们在农田里劳作，妇女们也不得空闲，此时正是煮茧缫丝的时候。《清嘉录》中记载："小满乍来，蚕妇煮茧，治车缫丝，昼夜操作。"南宋田园诗人范成大也曾写过一首《缫丝行》："小麦青青大麦黄，原头日出天色凉。妇姑相呼有忙事，舍后煮茧门前香。缫车嘈嘈似风雨，茧厚丝长无断缕。"在久远的光阴里，女子们将蚕茧浸在热盆汤中，用手抽丝，卷绕于丝筐上。缫车快速转动，好似疾风骤雨一般，蚕丝却坚韧得没有一丝断裂。抽丝剥茧之后，再经历一番繁重的纺织工作，柔软华美的丝绸便制好了。小满时节缫好的丝线，裹藏着旧时无数女子的聪明才智。

小满，是一个意蕴深远的时节。

二十四节气的名称里，小与大都是相对而生的，如"小暑与大暑""小雪与大雪""小寒与大寒"。唯有小满别具一格，其后是"芒种"，而非"大满"。这其实是老祖宗的智慧。

《战国策》有云："日中则移，月满则亏。物盛则衰，天地之常数也。"可见，天道忌满。

小满时节，五月已过半，此时槐树的树冠上，一串串白花开得满满的，几乎绣满整棵树。但那些花儿已不是纯洁的白了，开始发黄，香气也不及前些时日浓烈，地上亦堆积了一层落花。终于明白，花半开时最迷人，无论是花色，还是花香。

花开到极盛之时，就快要凋谢了；月变成最圆满的模样，就快要亏损了。世间万物发展皆如此。所以，不求什么"万事圆满"，但求"小满"就好。正如清代曾国藩所言："花未全开月未圆，半山微醉尽余欢。何须多虑盈亏事，终归小满胜万全。"

好一个"终归小满胜万全"！世间之事皆不可追求太满。喂鱼不可过勤，否则会把鱼儿撑死；养花不可浇水过多，否则极易将根脉沤烂。同样，爱一个人也不能太深，爱到七分即可，剩下三分留着爱自己。过于饱满深刻的爱，不容易长久。

同样，我们在为人处事上，也应当尽可能地追求小满。俗话说："满招损，谦受益。"人一旦自满了，也就没有进步的空间了。时时保持谦逊的态度，会让我们各方面都"更上一层楼"。

人间最美是小满。愿你放下所有的遗憾，在这个"刚刚好"的日子里，与心念之人静听夏夜蝉鸣，共赏风吹麦浪，收获自己的美满人生。

芒种：又是一年芒种时

"弄晴芒种雨，吹面石尤风。"在四季轮回的光阴渡口里，节气总是如约而至，宛如大自然奏响的一曲曲希望之歌，提醒着人们奋发向上，努力创造美好的生活。初夏几场新雨过后，气温逐渐攀升，夏意渐浓，芒种时节，翩然登场。

芒种，是二十四节气中的第九个节气，也是夏季的第三个节气。《月令七十二候集解》中说："五月节，谓有芒之种谷可稼种矣。"就是说，有芒的麦子准备收获，有芒的稻子可以播种。因此，在这个时节，北方旱作农业地区开始麦收，而南方地区则开始插秧种稻。

芒种至夏至这半个月，秋熟作物开始播种、移栽并进行前期管理，农民们正式进入夏收、夏种、夏管的"三夏"大忙阶段，所以"芒种"又有"忙种"之意。

读白居易的《观刈麦》，我们可以直观地感受到农民们奋力抢收麦子的辛苦："田家少闲月，五月人倍忙。夜来南风起，小麦覆陇黄。妇姑荷箪食，童稚携壶浆。相随饷田去，丁壮在南冈。足蒸暑土气，背灼炎天光，力尽不知热，但惜夏日长。"

芒种时节，南风将麦子染成金黄色，田野里浮起一层又一层的麦浪。焦酥的麦芒与清风相互摩擦，发出悦耳的"沙沙"声，仿佛是那饱满的麦粒，在天地间呢喃。

家中的男人们一大清早就去了田垄地头，因为农活繁重，所以直到晌午时分还未归来。于是妇女和儿童们挎着"箪食"、背着"壶浆"，为他们送饭。烈日炙烤着大地，空气中充斥着浓浓的暑气。他们赤着脚、光着膀子，整个身子都置于巨大的蒸笼里，汗水也如瀑布般尽数滴入泥土中。然而他们手里的活计却始终不曾停歇，这一茬的庄稼已成熟，必须尽快收割完毕，之后还要趁着晴朗的天气晾晒、脱粒，让谷物归仓。努力劳作的人们，此刻只希望这炎炎夏日能够再长一些，好让他们在这段时间里种下更多的粮食作物。

　　芒种时节，恰逢江南梅雨季。阴云密布，雨丝缠绵，空气潮湿。对于南方地区的农民来说，这同样是一个繁忙的时节，因为大家开始在田里插秧了。杨万里有诗云："田夫抛秧田妇接，小儿拔秧大儿插。笠是兜鍪蓑是甲，雨从头上湿到胛。"为了不延误种稻好时机，一家人冒着大雨，披蓑戴笠，赤脚泡在水田里，努力地耕作着。他们相互配合、齐心协力，有的抛秧，有的插秧，还有的拔秧，他们的斗笠与蓑衣，此刻就像战士们的兜鍪铠甲，抵御着冰凉的雨水。雨落在他们头上，很快又顺流至肩胛，和着细密的汗水，淌进水田。农人们的愿望很朴素，他们坚信一分耕耘一分收获，温暖湿润的季节，唯有争分夺秒地播种，才会在秋天收获更多谷物。

　　这个时节，尽管农事繁重，但大家都是非常开心的，因为劳动会让人感到充实，也让人看到丰收的希望。陆游曾写过一首诗："时雨及芒种，四野皆插秧。家家麦饭美，处处菱歌长。"烟雨蒙蒙，山野之间是一片深浓的绿。不远处的池塘里，荷叶撑起无数把碧绿的小伞，为荷花们遮挡风雨。年轻的姑娘们划着小舟，一边采摘莲蓬，一边唱着清丽的歌谣。歌声悠扬，响彻云霄，插秧的小伙儿们听到后，也不由地微笑，一同唱起歌来。此刻，雨声、风声、汗水"滴答"声、树叶"沙沙"声、荷花翩舞声、男女对唱声，都融为一体，变成一曲独特的夏日芒种之歌。

　　"稻子的背负是芒种，麦穗的承担是芒种，高粱的波浪是芒种，天人菊在野风中盛放是芒种……有时候感觉到那一丝丝落下的阳光，也是芒种。六月的明亮里，我们能感受到四处流动的光芒。"是的，芒种，是光芒的根植，它就像六月一缕明亮的光，托举着旺盛的生命，承载着丰收的喜悦。千百年的岁月里，我们中华民族的祖先，一直都是用勤劳的双手创造灿烂的文明。芒种包含着一种不屈不挠的意志力，它提醒我们，无论环境多么恶劣，我们都要拼搏进取、顽强奋斗，用辛勤的汗水去浇灌梦想之花。

这个芒种，愿你"芒"有所获，愿你"种"有所得。愿你在理想的道路上，坚定信念，努力耕耘，早日实现自己心中的夙愿。

夏至：夏至已至，万物盛极

夏季的风，带着几许燥热，缓缓拂过人间。天边洁白的云，被夏风吹成几缕薄纱。时光悠悠，不知不觉间，夏已过半。夏至已至，暑热即将来临。

夏至，是二十四节气中第十个节气，也是夏季的第四个节气。陈希龄在《恪遵宪度》中写道："日北至，日长之至，日影短至，故曰夏至。至者，极也。"夏至这天，太阳直射地面的位置到达一年的最北端，北半球各地白昼时间达到全年最长。此时若将竹竿立于地面，几乎看不到影子。过了这一天，太阳直射点开始南移，北半球白昼逐渐变短。

夏至有三候：一候鹿角解，即"鹿角朝前生"，夏至日阴气生而阳气始衰，阳性的鹿角开始脱落；二候蝉始鸣，意思是，蝉因感知到阴气，便鼓翼而鸣；三候半夏生，半夏是一种喜阴的草药，生长在仲夏的沼泽地或水田中。可见，夏至时节，是阳气至极、阴气始生的时节，许多喜阴的生物，至此开始出现。

时值夏至，气温升高，日照充足，空气对流旺盛。此时的天气是喜怒无常的，往往上午还是青天白日，过了中午，大片的乌云就开始汇聚、翻卷，狂风呼啸，电闪雷鸣，不一会儿便下起阵雨来。夏雨"哗啦啦"地泼下来，急促而热烈。夏至时节的雨，落在碧树上，洗刷着叶片上的尘埃；落在田野里，浇灌着禾苗的根脉；落在花草丛中，滋润着鲜艳的夏花。夏至前后的雨，是一场场及时雨，为无数农作物带来繁荣生长的希望，也让高原牧场上的草儿变得更加丰茂肥美。

唐代诗人韦应物曾写过一首夏至诗："绿筠尚含粉，圆荷始散芳。"此时的池塘里，"田田"的荷叶早已铺满水面，夏风拂来，暖意融融，一枝枝荷花从淤泥里生了出来，展开粉嫩的花瓣，笑意盈盈地轻舞着。暖风轻扬，淡雅的芳香轻逸而出，氤氲出一片唯美浪漫的诗境。

夏至时节，各色水果俱已成熟，有甘甜可口的大西瓜，有甜美鲜嫩的水蜜桃，有晶莹剔透的荔枝，还有酸甜多汁的杨梅……个个丰硕饱满，令人垂涎欲滴。

每年到这个时节，我都会买一些荔枝、杨梅，还有柠檬，煮一锅风味独特的夏日饮料。杨梅先用盐水浸泡半小时，去除虫卵，将荔枝剥壳去核，柠檬切片。然后把杨梅与适量黄冰糖一同放入水中，小火熬十分钟，放入荔枝，继续煮一分钟。晾凉后，加入柠檬片与冰块，"杨梅荔枝饮"便做成了。喝一口，酸甜冰爽，引津止渴，简直凝聚了夏天所有的清凉与甜蜜。

俗话说："冬至饺子夏至面。"夏至时节，民间有食面之习俗，借面条之长，寓夏至之长昼，祈愿长寿安康。夏至吃面的习俗，由来已久，宋代《岁时广记》中就曾记载："京师于是日家家俱食冷淘面，即俗说过水面是也。"

我想起小时候，母亲就常常在夏至这天，为我做"过水凉面"吃。从橱柜里挖出一碗白面，掺水，和成面团，然后擀开、擀薄，擀成一张大大的面皮，再折叠起来，用菜刀麻利地切成细丝。全部切好后，将面条用手抖落开，再放入沸水中，煮至无夹生，就将面条捞出，放入凉白开里，反复过水，直至滚烫的气息全被略去，一碗清爽的过水面就做好了。此时，加入黄瓜丝、胡萝卜丝、香菜、葱花、蒜末，淋几勺焦香四溢的辣椒油，再倒入适量盐、味精、陈醋、芝麻酱，拌匀，一口下肚，鲜香充斥着整个口腔，味道绝美！

夏至这一碗过水面，饱含着母亲满满的爱，凝聚着儿时最温暖的回忆，这是家的味道，更是我们民族传承了千年的味道。

夏至到，盛夏至。夏至，像一首激昂慷慨的歌曲，聒噪的蝉鸣、滂沱的暴雨、清雅的荷香、甘甜的果实、美味的吃食，尽数构成这首歌的音符，演绎出令人无限沉醉的美妙旋律。

夏至已至，爱你的昼最长，想你的夜最短。愿你的生活如夏至一样，万物盛极，美好如初。

小暑：倏忽温风至，因循小暑来

时光如流水，小暑已来临。温暖湿润的南风缓缓拂过人间，抬眼望去，一片葱茏的绿，绵延向晴朗的天空。碧空里，几朵白云在悠悠地飘着，绽开在盛夏的光年里。

小暑，是二十四节气中的第十一个节气，也是夏季的第五个节气。《月令七十二候集解》有云："暑，热也，就热之中分为大小，月初为小，月中为大，今则热气犹小也。"暑，即"热"，小暑，就是还未到最炎热的时候。小暑至，意味着已经开始"入伏"了。

小暑有三候：一候温风至，二候蟋蟀居宇，三候鹰始鸷。

此时，炎热的夏风如山呼海啸般袭来，热浪翻滚，骄阳似火，草丛里的蟋蟀仿佛也觉得燥热，都不愿出来活动了，只是钻进自己的巢穴里，不停地鼓翅而鸣，百无聊赖地唱着歌谣。鹰在天空翱翔，挥舞着强劲有力的翅膀，来回盘旋。它们似乎也受不住这时节地表的炎热，所以呼啸着直冲云霄。小暑，拉开了盛夏的帷幕，引领我们感知夏日的美好时光。

小暑时节，雨水盛行。"溪云初起日沉阁，山雨欲来风满楼。"此时正是高温多雨的季节，前一刻还是阳光灿烂，不一会儿，一团团黑云就聚拢过来了，顷刻间，电闪雷鸣，瓢泼大雨倾盆而下。夏天的雨是急促又汹涌的，灰蒙蒙的天空，瞬间被拉起一帘迷蒙的雨幕，宛若白纱。雨狂风骤，街道两旁的绿树被吹得东倒西歪，像无助的小孩。这雨落在荷塘里，激荡起一圈圈涟漪。塘中那些亭亭玉立的莲花，也被这雨打湿了脸颊，弄乱了"红装"，还有些许零星的花瓣，也被这猛烈的雨，遗落在池水里。这雨，落在稻田里，禾苗们都开心地笑了。青翠的谷物，此刻正在贪婪地吮吸夏雨，仿佛在汲取甘露，好让自己加速成长。小暑时节的雨，来得快，去得也快，一场滋润过后，云开雨霁，晴空万里，暑气全消，令人感到无比清凉。

小暑时节，夏花开得正盛。

"青荷盖绿水，芙蓉披红鲜。"此时正是荷花绽放的时节，"田田"荷叶，铺满碧绿的池水，一枝枝荷花宛如娇俏的姑娘，身披淡粉色的纱裙，笔直地站立于水中央。被夏雨打湿的莲瓣上，一颗颗璀璨的珠儿在闪耀，像明丽的首饰，又像少女的相思泪。想来这一朵朵荷花，也都是有心事的，轻摆微摇，那是"她们"在为风儿跳舞；雨珠凝聚，那是"她们"为风儿流下的泪水。

"殷疑曙霞染，巧类匣刀裁。不怕南风热，能迎小暑开。"小暑时节，是石竹花翩然绽放的时节。那嫣红的花朵，宛如被朝霞晕染，花瓣精巧，像被裁剪过一般。是谁把这石竹花裁得如此清丽脱俗？南风一阵阵拂来，热浪滚滚，噢，原来夏风就是那个"巧手的裁缝"呀！这美丽的石竹化，不怕烈日骄阳，也不怕炙热酷暑，反而把南风当作自己恋慕的对象，迎着暑气，悠然而开。

"环佩青衣，盈盈素靥，临风无限清幽。出尘标格，和月最温柔。"小暑前后，是茉莉花盛开的时节。那一朵朵素洁的小花隐藏在绿叶间，仿佛穿着洁白裙裳的仙女。"她们"盈盈一笑，温婉又出尘。微风轻拂，无尽的幽香飘浮而来，沁人心脾。茉莉花清雅、飘逸，在夏夜月光的浸润下，更显其温柔的气质。小暑，有了这些花儿的点染，变得更加灵动优雅。

小暑时节，蝉鸣阵阵，蛙声一片。此时，无数只蝉正躲在草丛、树叶间，不知疲倦地叫着。它们是夏天最优秀的歌手，晚风轻轻吹，静谧的夜里，它们快乐地奏起歌谣。田野里，稻谷日趋饱满，穗头渐渐低了下来，似乎在讲述这一年的丰收情况。不远处的青草丛中蛙声一片，它们与蝉相互唱和着，共同编织成一曲悦耳动听的夏夜之歌。

这样美好的夏日时光，很适合在树荫下放一张躺椅，上面铺着竹簟，然后安静地品茗。熏风拂面，一阵阵清凉倏然而来。不远处的绿树上，传来聒噪的蝉鸣声，断断续续的，时有时无。梁间燕子双双飞，似在呢喃，又似情人的絮语。夏天的花儿开得正热闹，清雅的香气把衣袂都染香了。倘若这时再吃一口用冰水浸过的桃子，那清爽甜蜜的味道，便会在口中蔓延、交缠，满满的幸福感在心底升腾。

小暑意渐盛，枕湖纳微凉。盛夏已至，清风徐来，愿你岁月无恙、娴静欢喜，享受这份季节的馈赠。

大暑：人情正苦暑，物怎已惊秋

　　时值盛夏，骄阳似火。酷烈的阳光炙烤着大地，路旁的草木、花叶，一个个的都耷拉着脑袋，蜷缩起身子，变得萎靡不振。蝉不知疲倦地叫着，似乎在唱着一支独属于炎热夏天的歌谣。轻叩时光之门，我们迎来夏天的最后一个节气——大暑。

　　《月令七十二候集解》曰："暑，热也。就热之中分为大小，月初为小，月中为大。大暑，六月中。"暑，热也；大，极也。大暑，就是一年中暑气最盛的时候。此时暑气正浓，气温已达到一年中最高，人即使坐着不动都是汗流浃背。

　　这样酷热的夏天，很适合泛舟湖上。撑一叶小船，要带篷的那种，悠悠闲闲地划着桨，看碧绿的湖水，看水天一线，看远处堤岸上的柳树，也看鸟儿在湖面上滑翔。不知是否因为太过炎热，连鸟都不愿飞在高空里了，它们展着翅膀，轻触水面，似乎也想沾一沾碧水的清凉，好掠去这一身的燥热。一阵微风轻拂，裹挟着湖水的清凉，窜进我的裙裳里，顿觉一阵舒爽。夏风吹皱了一池碧水，一道道波纹在阳光下闪着光，宛如细碎的金子，抖落在翡翠色的锦缎上。此时此刻，我不由地想起一句诗："空阔湖水广，青荧天色同。舣舟一长啸，四面来清风。"尽管暑热难耐，但泛舟湖上，也自有一番意趣。

　　下了船，我行走在绿树荫凉里。只见，小路两边的绿荫下有无数年迈的人在玩着扑克。这让我想起小时候居住的小南湾，每到盛夏，都会有几位老人在巷子口的阴凉处摆放一张矮桌，桌上铺着棋盘，下起了象棋。他们只用了几枚古旧的木质棋子，就在这方小小的桌子上呈现出千军万马、炮火纷飞的激烈场景。此时无声胜有声，下棋的老人紧紧皱着眉头，汗水顺着他们的发鬓"啪嗒啪嗒"往下流，像是真的参与了一场声势浩大的厮杀。下棋人的周围，也渐渐聚集起一圈观战的人，不多时，竟将巷子口围堵得严严实实。大家都沉浸在象棋的酣战中，忘了时间，也忘了暑热。

曾听过一首歌，名为《大暑》，其中有这样几句歌词："熟透的旧生活，摘了雨的沉默，途经巷口田字格，听到了熟悉儿歌。腐草为萤，我为看客，他画风荷，我添柳色。"越是这样浓烈的夏，我越是会忆起童年那些活泼可爱的往事。每到大暑时节，学校早已放了暑假，作业也都完成得七七八八，于是，整整一个夏天便成了我与发小撒欢玩耍的好时光。我们一起爬山、下河湾、挖土，一起摘蜀葵花，别在小小的发辫上，一起跳皮筋、捉迷藏，也一起玩"过家家"的游戏，抓了蚂蚱当作"荤菜"。偶尔，我们也会玩"角色扮演"的游戏，我扮作老师，发小是我的"学生"，巷子的墙壁便是我的"黑板"。我用粉笔在这凹凸不平的"黑板"上画几个田字格，认认真真写下刚学会的汉字。发小也照着我的字迹，一笔一画在本子上写着……炙热的夏风，年复一年吹过寻常巷陌口，也吹过我纯真烂漫的童年岁月。待我回过神来，旧时的老屋早已坍塌，旧时的人儿也早已长大，唯有童年那些美好的记忆，像一颗颗璀璨的明珠，在我内心深处闪动着华光。

一阵热风袭来，我看到路旁有几株树，飘下零星泛黄的树叶，不禁诧异。如今才是大暑时节，我们尚且感到燥热难耐，而有些草木却已感知到秋天的第一缕萧瑟。这便是古人说的"物极必反，盛极而衰"吗？大暑，是热到了极致，因此大暑过后，天气便会一日日转凉，直到立秋，这个夏天就彻底过去了。唐代诗人元稹说："大暑三秋近，林钟九夏移。"

宋代史学家司马光也说："人情正苦暑，物怎已惊秋。"四时轮回，夏去秋来，本就是自然规律。我们的生活也是如此，无论是甜蜜的还是忧伤的，无论是快乐的还是痛苦的，终会随着时光的流逝成为过去。所以，还有什么执念是放不下、舍不掉的呢？莫不如，就停在当下的日子里，用心感受，用力生活，安然若素地面对一切悲喜，且行且珍惜。

大暑，是盛夏的最后一曲赞歌。大暑过后，风渐渐染上金色的霜华，雨不再丰满滂沱，稻子也变得沉重丰盈，低低垂下了脑袋。大暑，是季节对人间的馈赠。这就像我们的人生，尽管无忧无虑的童年早已不在，我们也都褪去了青葱繁茂、浮躁热烈的模样，但我们心底会生出如秋一般的温润、平和与充实。这是光阴送给我们的珍贵礼物。

立秋：秋日呢喃

翻开日历，恍然发现，已是立秋。

立秋，立，是"开始"之意，意味着秋天已经开始了，立秋，是阳气渐收、阴气渐长，由阳盛逐渐变为阴盛的重要转折，万物开始从繁茂生长转为成熟。

秋天，是收获的季节。树木及各类粮食作物，经历了半载的萌发、生长、繁荣、结果，终于迎来丰收的喜悦。那一筐筐饱满丰盈的果实，那一个个细腻甜香的玉米，那一颗颗乳白圆润的米粒，皆是农人辛苦劳作半载的成就，它们承担着农民一年的生计与希望，有了这些果实，就是有了细碎的银钱，就可以更好地照顾生病的亲人，更好地托起幼小孩童学习知识的梦想，更好地创造崭新的居住环境。秋，蕴含着人生的希望。

秋天，是凉风渐起的季节。经历过盛夏的燥热，方觉秋风轻拂，是多么令人身心惬意。秋天，就好像一位满含诗情的画师，手握一支温凉的画笔，悄悄将碧叶染黄。一阵秋风拂过，落叶蹁跹，宛如千万只蝶儿追逐、嬉戏。

在这样的时节里，最适合安静地坐在窗前，沏一杯清茶，捧一卷诗书，静听秋风拂过的声音。树叶"沙沙"，那是秋在浅低吟唱；书页翻动，那是秋在调皮地戏耍。偶尔，秋风会将几片枯叶带到窗前，那是秋在向你诉说着它的思念呀。这叶片早已卷曲，但犹挂着一丝雨痕，像泪水滑过脸颊。上面的叶脉依旧清晰可见，仿佛镌刻着从春到夏再到秋的所有悲欢记忆。这份诗情，是独属于秋的印记。秋，蕴含着生活的诗意。

秋天，是思绪飘飞的季节。秋，自古都是充满离愁别绪的时节，心上秋，便是"愁"。古往今来，有多少文人墨客，都对着秋，勾起无限感怀。郁达夫说："足见有感觉的动物，有情趣的人类，对于秋，总是一样地特别能引起深沉、幽远、严厉、萧索的感触来的。"

翻开历史的画卷，我们看到，唐代诗人杜甫，正是在这样的时节，登高望远，惆怅抒怀。那时的他，早已到了暮年，年少时的梦想、抱负，皆消散在奔腾的人生长河中。想到自己一事无成，又病痛缠身，朝局也是波诡云谲，他不由得悲从中来，吟出了那首千古绝唱《登高》。

萧瑟的秋风里，史铁生随妹妹一起来到北海公园，看秋花烂漫生长，看秋叶瑟瑟抖动，一股凉意涌上心头，他想妈妈了。于是，一篇感人肺腑的《秋天的怀念》在他的笔下款款流出。秋天，是他思念妈妈最浓的时刻。是妈妈，让他懂得了生命的可贵，是妈妈弥留之际的话语，激励着他好好活下去……

秋，承载了人们太多的悲欢离合，也寄寓着人们无穷的思念！秋，蕴含着人类对生命的感怀。

秋风乍起，吹皱一池碧水。耳畔，是稀稀疏疏的风吹落叶声，这声音，与鸟儿叽叽喳喳的鸣吟声相互交织，仿佛奏着一曲清婉雅致的秋之歌……

处暑：听绵绵秋雨，寻缕缕清凉

中午时分，我倚靠在窗边，枕着一片清凉，悠悠入眠。

梦中，我感到丝丝缕缕的寒意，于是便伸手抽出薄被，盖在身上。时至处暑，果然丝丝凉意已袭身。

耳畔，传来一阵稀稀疏疏的落雨声，我蓦然惊醒，静静聆听着，此刻，我的睡意被这雨声打断，已然全无。

秋雨窸窸窣窣地落在山间、草地、树叶、屋檐，声音不大，层层密密的，宛如筝弦拨动的响声，流出一曲婉转缠绵的音乐。又似秋日的絮语，向你诉说着连绵不绝的心事。

我抬眼望向窗外，秋雨轻轻飘着，水雾弥漫，仿佛为秋空织起一片朦胧的雨帘。地面低洼处，秋雨点点，落满水潭，激起一圈圈涟漪。

我轻轻舒展了一下身子，沏一盏花茶，浅啜一口，润湿干燥的喉咙。瞬间，一缕清凉的惬意，沁入心尖。

此时此刻，屋外，细雨如织，清凉拂身；屋内，茶香袅袅，暖人心扉。我在这蒙蒙细雨里，觅得一处闲逸，品到一缕悠然。

耳畔的雨声并未持续太久，只一盏茶的工夫便愈来愈小。渐渐地，世界又恢复了宁静。

今日是处暑节气，《月令七十二候集解》中说："处，去也，暑气至此而止矣。"夏日的燥热气息，终是被时光荡涤殆尽了，暑气一点点被天地收回，取而代之的，是秋的那一抹沉静、清凉与明澈。

这世间，万事万物皆有规律，就连节气都有转折点。处暑，让我们从燥热难耐的夏转向萧瑟清凉的秋。处暑时节，自然界的阳气由疏泄转向内敛，人体内阴阳之气的盛衰也会随之转换。前些日子，那些极致的热烈，如今也慢慢不见了踪影，清寒开始渗入肌肤。

处暑过，暑气止，天气也会变得秋高气爽。我最是喜欢这样的凉快，不似夏日那般酷热，也不似冬日那般极寒，淡淡的，柔柔的，给人一种清新怡然的感觉。满树碧翠的叶片，也因这清凉的气息而舒展得更加欢快；人们烦躁的思绪，也因这恬静的秋日而变得更加和顺。

处暑时节，不光是气候变得清爽怡人，连吃食也丰富了不少。此时正是各类物产丰硕之时，鸭肉与海鲜最是肥美。凉爽的季节里，约三五好友相聚，或谈笑风生，或举杯畅怀，饮一份温热香甜的果茶，尝几片鲜美至极的鸭肉，再来几块清咸适口的海味，人生至美之境，也不过如此了。

处暑时节，让我们寻一处闲逸，觅一缕清凉，在悠悠时光中，任身心惬意舒展。

白露：秋风起，玉露凉满阶

晨光熹微，秋风漫漫。柔和的日光，轻轻洒在泛黄的枝叶。

粉嫩的秋花，三三两两的几枝，悄悄隐在这处黄绿相接的草丛里。

她们似乎既怕这逐渐变凉的秋，又想努力绽开自己的花容，于是羞羞怯怯的，躲进黄绿色的叶片之间。

眼下，已进入白露时节，秋的意味更加浓烈。一早一晚，阳光微斜，星光烂漫，冷暖交替。秋花秋草们的身上，吸饱了一整日的和暖，到黎明破晓时分，骤然觉凉，便凝结出点点滴滴晶莹的露珠。这便是白露的由来。

白露，是一个充满诗意的节气。

纯真的《诗经》时代，那位身姿玲珑的俏丽伊人，哼唱着"蒹葭苍苍，白露为霜"，一番缠绵的思念，悠悠释放在这微凉的白露时节；

璀璨的唐朝，那位风度翩翩的诗人白居易，吟诵着"晚丛白露夕，衰叶凉风朝"，一缕萧条的心事，浅浅流淌于这凄清的白露时节；

风雅的宋朝，那位才华满腹的词人秦观，饱蘸笔墨挥毫道"凭阑久，金波渐转，白露点苍苔"，一抔怅然的思绪，慢慢氤氲在这苍茫的白露时节。

白露时分，苍翠的蒹葭随风微摆，飘零的枯叶轻舞蹁跹，阶前的凝露点缀青苔，这些可爱的景致，都点染着文人墨客那一澜温柔的诗情，他们在这清凉的时节里，抒写着满怀思绪。

白露，是一个适合安静品茗的时节。

《月令七十二候集解》中说："水土湿气凝而为露，秋属金，金色白，白者露之色，而气始寒也。"

这个时节，夏日残留的暑气逐渐消失，天地之间阴气上升扩散，夜晚渐凉，昼夜温差变大，寒意生而露渐凝。此时，清晨的露珠密集地依附在花瓣草叶之上，镶满一片银白。这凝露再被晨光一照，更是泛起莹莹的微光，显得玲珑剔透、可爱怜人。

这时，常会有一众柔婉的女子，每人皆端起一个古朴雅致的瓷碗，走到草丛花叶之间，素手轻撷，慢慢抖落那沉附于花瓣黄叶上的露珠。她们的动作细致又温柔，脸上亦泛起微醺的笑意——装满这盏白露，便可煮水煎茶了。

秋日里，携三五知己，采一碗秋露，烹一壶清茶，做几块清甜的糕点，静坐于蒲团草席之上，一起说说笑笑，畅谈心事，漫言家常，亦是美事一桩。

民间一直有"春茶苦，夏茶涩，要喝茶，秋白露"的说法。白露时节的茶树，此刻经历夏的燥烈，已进入最佳生长期。

白露时节的茶，没有春茶的清香鲜嫩，也没有夏茶的干燥苦涩，它多了一份悠然绵长的味道。轻抿一口，唇齿之间满是甘甜，令人回味无穷。

白露，是一个秋高气爽的时节。

清晨，人们踏在弯曲幽静的小路上，会有一阵清寒倏尔袭来，给人带来一缕清新舒爽的气息。

这个时节，不似盛夏那般酷热，令人大汗淋漓；也不似寒冬那般荒凉，让人伸不出手。它给人的感觉是淡淡的，淡淡的凉意、淡淡的阳光、淡淡的思念。就如这个时节的清茶一样，浅浅、回甘。

做人处事，就应该这般淡淡的。不必过分亲昵，亦不必过度疏离，保持一种不远不近的距离，就很好。太过亲近，难免失了自我；太过疏离，又未免不近人情。像白露时分的秋一样，清新淡雅、脱俗怡人，不伤人，还予人微凉的感觉。

在这个秋高气爽的时节里，让我们静品一盏白露茶，浅读几首齿颊留香的诗词，静下来，细赏这一篮迷人的秋色时光吧。

秋分：金气秋分，风清露冷秋期半

又是一年秋分至，风清露冷秋期半。秋色正浓，一枕清寒，半夜凉初透。这个时节，染黄了树叶，微醺了秋月，迷醉了人心。

秋分，是一个温润美好的时节。

这个时节，一排排繁盛苍翠的树木，开始泛起层层叠叠的明黄。

秋风起，片片黄叶翩然而舞，像缤纷的蝴蝶，又像天空里下起金色的雪花。

堆满的黄叶，踏上去，"沙沙"作响，恰如奏着一曲悦耳动听的音乐。捡拾一枚秋叶，那上面已爬满斑斑点点的痕迹，叶片早已被风侵蚀得残碎不堪。

这一枚枚秋叶呀，那上面镌刻的，是秋的印痕。它们走过春的鲜嫩碧绿，走过夏的繁盛茂密，又感受过秋的寒意深深，时光滑过的痕迹，皆被它们弱小的身躯记录下来。

这一枚枚秋叶呀，它们蕴含多少岁月的故事，又隐藏多少流年里的风霜呢？它们吸吮过细润的春雨，历经过酷烈的夏日，如今终于被这温润的秋轻轻抖落，脱落于大树，此后，它们将沉降在深厚的泥土里，继续润泽这片沉稳又憨厚的土地。

秋分时节，各色鲜花轻舞悠然，绽放璀璨。

山间那一丛丛笑颜烂漫的紫菀花，在这个时节，它们已寻到自己的恋人，正在与翩飞的蝴蝶们嬉戏玩耍；

公园里那一株株富丽堂皇的大丽花，在这个时节，它们都肆意地舒展花瓣，正开放得积极热烈，迫不及待向众人展示它们美丽的脸庞；

马路旁那一簇簇明黄鲜妍的万寿菊，在这个时节，它们已开得最欢快，向着路过的行人愉快地打着招呼，像是在奉送自己最真切的祝福。

秋花明艳，朵朵蹁跹，它们点染着这个诗意盎然的秋分时节，为我们生活的这个世界，添了几分生机，添了几分活力。

秋分时节，若是再碰上下雨，那就更美了。

细密的秋雨，为远处的山川织起一片淡烟薄雾，仿佛为那清旷的远山，披了一身透明的白纱。瞬间，青山被打扮得更加曼妙，宛如一位姿态优雅的美人，在这清寒的时节里，兀自端然清丽。

秋雨温柔，它滴落在人的身上，像羽毛拂身，轻盈飘逸，又像一双轻柔的手，荡涤人内心的尘埃。一滴滴秋雨，汇聚于屋前的瓦片上，然后缓缓顺流而下，像是为那青砖黑瓦的房屋织起满是珍珠的衣衫。秋雨落在地上，溅起"啪嗒啪嗒"的水声，如同奏着一支叮咚清切的筝曲，窸窸窣窣、缠缠绵绵。

秋雨，是那一片高远的秋色长空，对着浑厚的大地，诉说绵密思念的媒介。秋雨柔和，纠缠着天的期盼；秋雨曼妙，蕴含着天的情愫；秋雨温婉，编织着天的爱恋。

我喜欢漫步在秋天的和风细雨里，看青山婀娜，听雨声缠绵，感秋空痴情。

秋分时节，当云散雾开之时，那一弯朦胧的秋月，更是惹人怜惜了。

墨色的长空里，云儿在飘浮，秋月潜藏在那白蒙蒙的云朵之后，就变成了羞涩俏丽的佳人，"她"不敢对着众人露出那清婉秀丽的面容。"她"掩着一片朦胧白纱，将自己的缱绻柔波尽数遮蔽。

秋分时节，我们会有"秋祭月"的习俗。此刻，净手焚香，一众温柔曼妙的女子盈盈叩拜，口中念着澄澈的祈语，脸上浮起可爱的笑靥。

女孩们带着对未来生活的向往，将自己的心事，和盘付与那一弯唯美的秋月，企盼"她"赐予自己动人心魄的绝美容貌，企盼"她"为自己带来连绵不断的好运。

秋分这一弯月儿，清澈、玲珑、温婉、柔情。"她"为我们带来无尽的诗情，也寄托着我们对美好生活的向往。

秋分，是一个收获满满的时节。

此时此刻，农人们已进入"秋收、秋种、秋耕"那繁忙的"三秋"时节。这是含着希望的时节，北方种冬麦，南方割晚稻。

北方的农人们，播种下一冬的希望，他们将要历经整整一季风霜，等待来年的丰收。于他们而言，秋分是他们播种希望的时节。此刻的农田里，是忙碌的，是苦楚的，是充盈着汗水的。尽管这个时节会予人辛苦，但，它是蕴含着希望的呀，没有此刻辛勤的播种，如何能够获得他日的果实呢？

南方的农人们，也在繁忙地割着晚稻。他们如今已经历了半载的辛劳，正沉浸于丰收的喜悦。这是一个收获满满的时节，是托起农人理想生活的时节，是金色蔓延整个土地的时节。

秋分时节，棉花已成熟。大家争先恐后地涌入棉花田里，摘着那一朵朵洁白如玉的棉花。此刻，稻谷已入仓，摘棉花时，大家已是不急不促，悠然而缓慢。

朵朵纯白的棉花，一点一点地，缀在黑褐色的枝头，农妇们背着竹筐，轻轻撷下那一朵朵的白。不一会儿，筐里已盈满棉花，农妇们开心地笑了。有了这些花儿呀，可以给孩子缝厚厚的冬衣啦；还可以为待嫁的姑娘，缝制一床漂亮的被褥。

那衣裳里，那锦缎里，被填入满满当当的棉花，仿佛填入未来那沉稳厚实的日子，也仿佛填入余生那浓醇甜蜜的幸福。

秋分，是一个引人感悟的时节。

秋分时节，自然界阴阳相半、昼夜均等、寒暑平衡。我们的人生，也要尽力维持一种刚刚好的平衡状态。古话说，情深不寿，慧极必伤。水至清，则无鱼；情太浓，则最伤人；过于聪慧，则会伤害到自身。万事万物，都讲求一个相对平衡。

爱一个人，不能太烈，也不能太淡，要有所松弛，既要给自己留出足够的成长空间，又要给对方足够的安全感。收放自如，让两个人相处起来都舒服，才是最好的状态。

秋分时节、昼夜各半、阴阳各半、寒暑分明，宛如将世事一分为二，是非曲直，皆有明辨，黑是黑、白是白，大自然以它独有的方式，书写着它的公平大道。这样冷暖适宜的人间，令人倍感舒适。

做人，亦应如此。纵然世事繁芜，难辨真伪是非，但，我们仍需坚持内心中的一份操守，将是与非、黑与白、曲与直，甄别清楚，这样，才不会让心地善良的人，感到无望和悲伤；这样，才能恪守世间正义与公平；这样，才能令这人间，一直维持一种积极向上的正能量氛围。

愿我们在这个风清露冷的秋分时节，都能感受到那一缕清凉的诗意，都能感受那一汪浓稠的幸福，都能坚守内心深处的那一条是非曲直的明线。

寒露：秋意绵绵，菊华寒露浓

时光翩然轻擦，转眼已是秋天的第五个节气，寒露。此时，寒意深深，秋意更浓，我们愈发感觉到一种冬的气息。

寒露时节，万物衰飒，草木零落。走过半载年华的绿草碧树，此时已染上点点金色，山间花木已向晚，庭院野草尽枯黄。秋风开始变得强劲萧瑟，不再似之前那般温柔和煦。

天地间一种寒气升腾而起，到夜晚时分愈加浓烈。这浓郁的寒气，遇上白日里的光，一瞬间碰撞、凝结，变成颗颗泛着寒光的秋露。这露珠滴滴晶莹璀璨，惊艳了秋日华光。

寒露时节，枫叶已变红。如若站在山岭间眺望，必定是一片艳艳的红，尽收眼底。那漫山遍野的红，火热地铺洒开来，宛如秋的使者，在向人们絮絮念着深情。

那一片一片的红啊，是秋在张扬、轻舞。秋天，把思念深深誊写在枫叶丛林间，而后唤起一阵风，将片片红叶寄予众人。此时的枫叶，就是秋写下的信笺，那上面是秋道不尽的眷恋与悲欢。

寒露时节，各色菊花已开至最艳，朵朵娇羞，悠然盛开。"她们"是聪慧的，独独挑选众芳摇落的寒露时节，倏然绽放，璀璨夺目。"她们"是美丽的，宛如一个个浓妆淡抹的舞女，身着明媚的华裳，迎着瑟瑟秋风，为路人轻舞蹁跹。

这个时节，是赏菊的绝佳时节，轻捧一朵菊花，柔柔抚着娇嫩的瓣儿，浅嗅那丝丝缕缕的芬芳，我们的心，就已如喝醉了酒一般。

不只是我们，自古以来无数诗客骚人，都被"她们"娇俏的容颜、迷人的清芬陶醉过。晋代名士陶渊明就非常喜爱菊花，他不屑繁杂俗世的侵扰，不为五斗米折腰，始终坚守心中傲岸与那一缕高洁，多次借菊来抒发对繁芜尘世的厌恶。他渴望归隐田园，于是常常寄情山水、歌咏菊花。

在他的世界里，菊就是高洁傲岸的花，"她们"不求富贵荣华，不屑与百花争春，只在花木凋零的深秋，浅诉清歌。"她们"是隐士，是陶渊明心中最美理想的化身。这个时节，因为有了这高傲的菊而显得格外清雅脱俗。

寒露时节，肥蟹鲜美，黄膏丰腴。海边的人们欢快地品尝着螃蟹，庆祝一年海事之丰收。那一个个巨大的螃蟹里，蕴含着人们对于繁荣生活的渴望，寄托着大家无尽的快意畅然。

寒露时节，我们行走在浅浅时光里，探寻着深秋的美。

这个时节，萧飒中带着肃穆，寒凉里透着欢畅。此时的大自然生发出一种力量，这力量足以将草木摇落，将万物催枯，以便来年可以更好地储蓄精力、生机蓬发。这个时节是收敛、静默的，是为了养精蓄锐，是为即将来临的冬做先锋。

寒露时节，秋意渐深。愿我们放下心中浮华，尽情感受秋的这一缕深情。唯愿你，一切安好。

霜降：一朝秋暮露成霜

秋风萧瑟天气凉，草木摇落露为霜。深秋在时光的风里缠绵，把秋露凝结成一朵朵冰莹洁白的霜花。寒气一寸寸升腾而起，秋的最后一个节气——霜降，已然登场。

霜降时节，各色菊花轻舞蹁跹，朵朵开得绚烂，开得耀眼。它们迎着深秋的风，凌霜开放。花叶之上，那些晶莹的露珠，此时已凝结成冰凌之霜。

霜花玲珑剔透，在晚秋这一抹温柔的阳光下，泛起点点光彩，惹人怜爱。有了霜花的点染，这个时节的菊花更显得妩媚动人。它们的凌霜傲骨，为这晚秋季节增添了无穷魅力。

霜降时节，柿子结满枝头，一个个宛如橘红色的小灯笼，饱满红润，有着诱人的光泽。此时的柿子已成熟，上面镀了一层细密的寒霜，就像俏丽可爱的美人，搽着雪色的润肤露，清透可人。

摘一枚柿子轻轻吸吮，绵软甜蜜的口感，浸润整个喉咙，还带着一丝这个时节所特有的寒凉。这是霜降赠予我们的晚秋味道。

霜降时节，漫山遍野，染尽风姿。山林里，各色树叶在随风摇曳，有红叶、有黄叶、有绿叶，还有褐叶。登高而望，只见峰峦叠嶂、碧水如镜。

绵延的山脉，被大片火红的树叶染得妖娆。群山万壑间那一汪碧水，此时已不似盛夏那般丰沛、汹涌，开始缩减水域，变得空明澄澈，变得宁静幽远。山间的碧水，仿佛知晓秋的温和性情，此刻也变得异常乖巧。

霜降时节，枫叶已嫣红。若你此时漫步山间，一定会有浓郁的秋叶清香，一丝丝钻入鼻尖，清透淡雅。

静静凝视这些红叶，你会发现，它们身上已披满白霜，宛如一个个俏丽的小精灵，穿着玲珑剔透的铠甲，在守护秋的宁静。寒露凝霜，为晚秋时光增添了一份唯美的诗意。

我忽然想起一句诗："停车坐爱枫林晚，霜叶红于二月花。"

千年之前的唐朝，诗人杜牧漫步于山间，静赏晚秋霜降的美景。他走过崎岖蜿蜒的山路，周围的群山泛起隐隐寒气。

他举目望去，只见山麓那里弥漫起一片洁白无瑕的云朵。待云朵悠然散开，一座座茅屋倏然出现。

他欣喜万分，加快马车行进的速度，一路奔向那层层密密的低矮茅檐。这途中，他看到一片红艳艳的枫林，风拂叶落，宛如千万只红蝶在翩舞。

这迷人的晚秋之景，让他十分喜悦，他连忙停车，疾步走向那火红的枫树。轻捧一枚红叶，他看到叶片上凝满白霜。

这一朵朵可爱的霜花，是那么灵动，那么晶莹。有了它们的点染，红叶更显娇媚，似乎比春日里盛开的二月花都要迷人。

一朝秋暮露成霜，几份凝结几份阳。霜降，是秋天的最后一个节气，是秋天在与我们进行一场隆重道别。

走过霜降时节，我们马上就会迎来寒冷的冬。时光温柔，缓缓流淌，就让我们最后再欣赏一番这可爱的晚秋之景吧，让这一抹秋的明丽铭记心间。

霜降，寒意更深，记得添衣。念你安好。

立冬：写给冬天的一笺情书

嗨，亲爱的冬天，你好呀！

岁月流转，你再一次悄悄来临了。你总是恪守时光的定律，循规蹈矩地走入人们的世界。

你席卷着呜咽的寒风，夹杂着缤纷的落雪，宛如一位苍劲凌厉的将帅，驾着滚滚红尘，向山河万里奔来。

你身上有一种浑厚浩大的气质，仿佛蔓延着无尽的苍凉。你所到之处，寸草不生、木叶萧萧。枯萎的叶片，在寒冷的冬风里飞旋、乱舞。

你就像一位不懂得温柔的勇猛大汉，你经过的地方，总是生发出凄凉又冷厉的气息。但我又是极爱你的。

你是四季轮回里的一个最显眼的标志。《月令七十二候集解》中说："冬，终也，万物收藏也。"

你是一年中最后的季节。立冬，是冬天的开始，因为你的来临，万物开始蛰伏、收敛、养精蓄锐，待到来年再次复苏。

你是沉静且内敛的，就像一位性情稳重敦厚的人，予人无尽的踏实感。花木、农作物、动物，皆因你的来临而进入一种深眠状态，你身上有着令万物安静的魔力。

你虽然没有春的明媚，没有夏的酷烈，亦没有秋的温润，但你有着一种深藏不露的生命力。

你在降临人世间的时候，应该看到那一片片枯萎的荷塘了吧？此刻，那里早已漫起层层颓败。

荷花早已开至荼蘼，荷叶也早已变黄、凋残，但那莲花的枝枝蔓蔓，依旧盎然挺立于荷塘泥淖中。

"她们"剥蚀了繁华，留下的是生命之根，"她们"只是睡倒在你怀里了呀。这一枝枝生命的根骨，尽数被你的冬风吹拂着，其中仍有顽强的生命力在蔓延。

你看到路旁那一棵棵杨树了吗？"黄杨倔强尤一色"，杨树倔强地挺立于寒冬里，树冠之上，叶片早已被冬风吹得干干净净，留下如刀戟般的枝干。

那枝干，宛如向天空勇敢搏斗的志士，不惧严寒，不畏凌厉。冬，你知道吗？这是你赋予它们的气质呀！

你没有见过春花娇媚，没有见过夏雨滂沱，亦没有听过秋风呢喃，你来的时候，人间已是地冻天寒、万花凋零。此刻，或许唯有梅花，在痴痴守望着你。

你是否也早已将自己那一番深情，尽数赋予这冰霜傲骨的梅了呢？你可知，"她"为你哭，为你笑，为你痴狂，为你轻舞。

万花丛中，唯有"她"，将一腔柔情倾付于你。我搜寻着你们的故事，心中早已掠过一阵阵绵延的感动。

冬，你是恬淡安静的。你虽没有蜂蝶伴舞，没有百花翩然，没有和风细雨，但你自有一种清透彻骨的感觉。你对世间繁华不屑一顾，你偏安一隅，只愿安静地守候自己所爱。

在你的感召下，人们都开始将神气内收，寡欲少求。寒冷的冬日里，大家更喜欢围坐在一起，包饺子、喝热汤。

当那一枚枚圆墩墩的胖饺被煮熟，一口下肚，满满的暖意在胃里弥漫。吃一口立冬的水饺，就是吃到整个冬天的幸福啊。

冬，你知道吗？我最爱的就是你怀中那一个个宛如小精灵一般的雪花。你看到了吗？雪花飘飘，它们在你心里肆意飞舞。它们也是你的挚友呢，此刻正在愉快地迎接你的到来。

我伸出双手，接住那翩舞的小精灵们，一颗颗皆融化在我手心，变作晶莹剔透的露珠。这是你赐予我的诗意啊！

冬，你听到我的心声了吗？零零碎碎，思绪缠绵。我将这一怀清浅的心事写在信笺上，然后把这一缕悠长的感怀寄予你。

我睡在塞北那"大如席"的雪花之上，做了一个清冷的冰霜梦。

小雪：小雪闲中过，新炉自煮茶

　　浅冬，一抹淡淡的阳光铺洒在天地之间，没有了闪耀，亦没有了灼热。仿佛，天地将那些似火的热情全部收了起来，整个人间都充盈着安静祥和的气息。

　　小雪时节，天空中阳气上升，地中阴气下降，因此天地不通、阴阳不交，万物失去生机。

　　这个时节，就像步入暮年的人，一切都收起来了，年轻时那些激狂、聒噪、繁华，全部都被一种沉敛的气息所取代，显得更加简洁干净。

　　《孝经纬》中说："立冬后十五日，斗指亥，为小雪。天地积阴，温则为雨，寒则为雪。时言小者，寒未深而雪未大也。"

　　小雪时节，寒意未深，降雪不多，即使有零星雪花飘飞，也恍如莹白碎玉，被微凉的冬风斜斜吹着，于空中乱舞。

　　这个时节的雪，是易化的。若它们来临，也只会悄悄地飘舞于你的窗前。也许还未等你回神，它们就已化作烟尘，散落在云雾里。

　　这个时节的雪，是无声无息的。若它们落入你的掌心，也会被你的体温融化为一颗颗晶莹剔透的露珠，为你的生活点染一丝灵动。

　　小雪时节，万物凋零。一棵棵大树摇落了枝头枯叶，唯留下如刀似戟的枝干。剥离了繁枝叶茂的树，更加有一种安静内敛的感觉。

　　它们在默默地沉睡着，仿佛在做着一个素净清冽的梦。它们一定是在积蓄力量，待到来年山花烂漫时，它们会生长得更加郁郁葱葱。

小雪时节，人们更喜欢腌制咸菜。还没有入冬之时，北方家家户户都会囤积大量蔬菜，这便是大家整整一个冬天的伙食了。

这个时节，人们会将囤积的蔬菜切碎，浸入坛中，撒上盐，放入姜片，倒上米酒，然后密封好。

之后的步骤，就是静候光阴，让它们缓慢发酵。等待悠长的岁月，把它们酝酿成一碟碟佐餐的美味佳肴。

小雪时节，寒意沁入肌肤。此时，人们会更加盼望回到家中，燃起暖烘烘的火炉，烤几只红薯，温一壶热酒，沏一盏热茶，与亲人、朋友围坐在一起，静心品味这浅冬的香甜与浓醇。

窗外，是雪舞飘飞；窗内，是红炉暖意。此情此景，令人忍不住想到白居易那首诗："绿蚁新醅酒，红泥小火炉。晚来天欲雪，能饮一杯无？"

小雪闲中过，新炉自煮茶。

寒意渐深的冬，若是能与知己好友一同围坐在火炉旁边，喝一碗热酒，啜一杯清茶，尝几样小菜，举杯共话桑麻，围炉谈诗论道，该是多么惬意的事。

此时，浅冬那一缕暖意，会流淌在这碗热酒之中；我们心中那一脉清冽的诗情，也会尽数沉淀在这杯热茶中。

今日小雪。记得添衣保暖，愿你安好。

大雪：盼一场落雪，度安稳岁月

冬意流转，寒气缠绵。时光在四季的风里不停地穿梭，大雪时节如期而至。

大雪，是二十四节气中第二十一个节气，也是冬天的第三个节气。《月令七十二候集解》中说："大雪，十一月节。大者，盛也。至此而雪盛矣。"

此时，如若有一场纷飞的大雪飘落人间，那将是最美的冬日之景。盼一场落雪，看雪花飘零，看雪落山川，看银装素裹，看琼枝玉叶。看那一片白茫茫，尽数落满大地，洗净万物铅华。

大雪时节，若是天赐瑞雪，那天地之间必定是素白一片。雪花飘飘，宛如桂树抖落的银屑，又如月光洒落的碎片，还像一个个可爱活泼的小精灵，在寒风里轻舞。

大雪纷纷扬扬，那是冬在吟唱一首优雅动人的赞歌。大雪落满山川，那是冬为冰寒的大地覆盖了一层厚实的"棉被"。这"棉被"，滋润着干涸的土地，也为田间那些疏落的根苗带来一场久违的甘甜。

雪落缤纷，飘逸无声。放眼望去，荒无人烟的原野之上覆满层层密密的白雪，仿佛大地穿上了一层素色的裙裾。山野的寒风呼啸而过，卷起千堆雪，层层叠叠的雪雾弥漫在半空中。

当雪满山川、云开雾散之时，若有一轮妖娆红日悬挂天空，那必定会洇染出一幅辽阔壮美的山河画卷。

寒风瑟瑟地吹着，冬日暖阳轻洒斜晖，为白茫茫的大地镀上一层金光。此时大地穿上的这件素白裙裾，宛如被镶上了金边，变得万分耀眼夺目。

若我们轻轻踏在那厚实的雪地之上，会发出"咯吱咯吱"的响声，那是落雪在吟唱着一支婉转喑哑的冬日歌谣。

盼一场落雪，赏一场冬日里的浪漫，聆听一曲清雅出尘的雪舞之歌，是冬日里最诗意的画面。

大雪时节，家家户户都在忙着腌制咸肉。肉食，是百姓生活里最厚实、最丰盈的东西。有了肉，我们的生活就多了一丝踏实、一缕安稳。

咸肉的制作过程相对烦琐，但却是我们民族数千年饮食文化的传承之一。新的一年里若有了这些咸肉，我们的生活也就多了几许期待。

咸肉制作成之后，便会被人们挂在有阳光的屋檐下晾晒干。取一块来熬煮，氤氲出的，是冬日里最温暖的烟火气息。那一块块屋檐下的咸肉，指向的，是我们新春的希望。咸肉很咸，那是时光沉淀出的浓重味道，那里面寄寓着家乡亲人对你醇厚的爱意，也寄托着你浓烈的乡愁。

大雪时节，我们还可以待在温暖如春的房屋里，架起一口锅，将红薯块放入米粥，看小火跳跃，看热气氤氲，看热粥翻滚。我们此时熬煮的，已然不是红薯粥，而是烟火弥漫的温润岁月。

今日大雪。让我们一同盼一场诗意落雪，一起围炉诗话、煮雪烹茶，一起徜徉在这温柔安暖的日子中吧。天寒地冻，记得添衣。

冬至：临窗数九，冬花入梦

冬风在冰冷的空气里肆意流转，万里山川皆被冰雪覆盖。雪霁初晴，碧空如洗，冬日的暖阳洒满大地，我们终于迎来了冬天的第四个节气——冬至。

冬至，是一年中夜最长、昼最短的时节。走过这个时节，我们就会迎来一年中最寒冷的日子。

《汉书》中说："冬至阳气起，君道长，故贺。"冬至这天，阳气开始复苏，太阳直射点逐渐北移，一个新的循环即将开始。这是一个充满希望的时节，所以它值得我们庆贺。

冬至时节，草木凋零。

放眼望去，漫山遍野皆是枯黄。其实它们是在安然沉睡。这个时节，万物尽在蛰伏当中，它们早已将生命的根脉，深深扎在寒土里。你看它们似乎在静谧无声地酣睡，但其实，它们是在做着一个旖旎唯美的春之梦呀。

冬至时节，雪满山川。

枯黄的高山上，白雪皑皑，宛如戍边的将士，披了一身冰霜的铠甲。它们安然伫立在人间，默默守护着万家灯火。

这个时节，当冬日的阳光铺洒在高山上时，那莹白的霜雪，也仿佛泛起一层金黄色的光，一派宁静祥和。冬至，给人带来冬日的一抹静美。

冬至时节，万木凋枯。

唯有松柏，昂然挺立，苍翠欲滴。雪花缀在松柏枝头，此时，它们就如俏丽的新娘，簪着纯白无瑕的珠花。

它们在寒冬里幸福地微笑着，在对冬低语呢喃，也在对冬浅诉思念。这个时节，柳杉上结满冰莹剔透的霜花。它们把冰霜寒雪当作玲珑的珠串，丝毫不惧这透骨的寒意。

冬至时节，枯草、雪山、松柏，构成一幅素笔描摹的简约画卷。这画里，是一朵朵冬日之花在欢笑，是一声声萧瑟之音在流转，也是一束束春的希望在氤氲。

临窗数九，冬花入梦。

冬至时节，我们可以效仿古人，素笔描画一树寒梅。寒梅枝头，缀着九朵梅花，每朵花上勾勒出九片梅瓣。

自冬至起，每日用嫣红的画笔将花瓣涂染，一日染一瓣。九九八十一天过后，这一树寒梅尽数被染红。待到红梅开遍之时，春天就在眼前了。

冬至过后，整个世界会进入最寒冷的季节，这就是数九寒冬。就让我们守候在安谧的岁月里，静数冬日时光吧。待到九九尽，暖春便来临。

这就像我们的人生，当你处在人生最低谷之时，一定不要悲伤，也不要心急，最艰难的时刻，往往是最充满希望的时刻。朵朵梅花，嫣然绽放。它们总要经历无数风霜雨雪的摧残，才会开出娇俏艳丽的花儿。

只要你始终保持一颗坚强勇敢的心，咬紧牙关，蹚过那条磨难的河，就一定会迎来你生命的春天。

到那时，你一定会看到百花盛开，看到柳暗花明，也会看到春雨霏霏。就如冬至时节，我们画的那一幅"数九寒梅图"，历经漫漫时光，走过严冬酷寒，终会铺展出一片妩媚而绚烂的艳红色。

冬至时节，人们喜欢围坐在暖暖的火炉旁边，包着一枚枚胖墩墩的水饺。看沸水翻滚，看圆饺漂浮，这是一年里最温暖、最熨帖的时刻呀。

冬至时节，想你的夜最长，见你的昼最短。凛冬将至，你一定要将这份思念收好，放置心口。此刻，冬花已入梦，遥祝你安好。

小寒：愿你三冬暖，许你春不寒

冬日的暖阳散发出一道道金黄色的光芒，远处的天边，几缕流云在缓缓浮动。时光无声地流淌着，我们迎来一年中的第二十三个节气——小寒。

小寒节气，是冬天的第五个节气。天气寒冷，却尚未达到极点，故而名曰"小寒"。

《月令七十二候集解》中解释道："十二月节，月初寒尚小，故云，月半则大矣。"

此时，冰冷的气息顽固地盘桓于上空，寒意深深，冬气渐浓，整个世界都呈现出一片素白冰寒的景象。

小寒时节，连绵起伏的群山之上，枯黄的野草爬满整个山坡。山上积雪尚未消融，远远望去，万里山川依旧是白茫茫一片，宛如一位端庄秀丽的美人，身披缟素，静立微笑。

小寒时节，山间的湖泊也被这清寒的空气，凝结成厚重的冰层，纵然是冬日那温和的阳光，也无法将其融化。那一方透明如琉璃般的冰湖，在璀璨冬阳的映照下，发出熠熠之光。

小寒时节，山中草木已沉睡。它们抖落了四季的繁芜，剥离了茂密的枝叶，只余下生命的根骨，安静地站立着。它们将一切繁华都收敛起来，就像人步入暮年一般，变得沉稳豁达，变得安然若素。

它们是在休养生息，是在严寒中汲取着时光的精华，是在蓄养精神，以待来年，让自己变得更加郁郁葱葱。

小寒时节，梅花即将绽放。人们喜欢寻着早春的芳踪，去踏雪寻梅。

"早瘦梅先发，浅苞纤蕊。"一树一树的梅花，已生出无数花骨朵儿，正迎着刺骨的寒风，含苞待放。

此时的梅花是瘦削的，还未完全绽开。小小的花苞里，裹藏着细弱纤巧的花蕊，浅淡的芬芳散逸而出，醉了人心。

朵朵梅花，宛如娇羞的少女，"柔芳正好，满簪同醉"。它们在拙朴的枝丫上悠然绽开，像一枝枝清雅脱俗的簪花，别在少女的发髻之上。

它们悠悠舒展着笑颜，花瓣翩然，花容烂漫。一阵清风拂过，花影翕然，宛如枝头停驻着无数美丽动人的蝴蝶。

花事袅娜，婉转如诗，幽香漫漫，如一场飘零落雪的美梦，顷刻间迷醉整整一个严冬。

小寒时节虽然天寒地冻，但已蕴含早春的气息。那一树树翩然绽放的梅花，正是报春的使者。它们是天地的精灵，有着敏锐的触感，可以探寻到大自然的清雅之气。

如此，我们也不必害怕人生的风霜雨雪了。因为，越是寒冷的时光，就越是会酝酿出早春的暖意；越是坎坷的遭遇，就越是会找寻到人生的希冀。

"沉舟侧畔千帆过，病树前头万木春"，如果你的人生历经千辛万苦，那么请不要悲伤，因为，你终有一天会迎来生命的春天。到那时，你会看到春花飘荡的好光景，会进入蝶飞绕梦的好时光，也会踏入春意盎然的好时节。

"花外东风作小寒，轻红淡白满阑干。"小寒已至，暖春即将到来。愿所有美好，皆不期而至。愿你岁岁年年，平安喜乐。愿你三冬暖，许你春不寒。

大寒：岁暮听风雪，静待春归来

时至岁暮，天空中飘起轻盈素洁的雪花。那一个个通体莹白的小精灵们，正在欢快地飞舞着，它们携带着天的眷恋，落满大地。

时光步履匆匆，转瞬间，我们迎来二十四节气的终章——大寒。

《授时通考·天时》中说："大寒为中者，上形于小寒，故谓之大。寒气之逆极，故谓大寒。"

大寒，即天气寒冷到极致。此时正处于三九四九阶段，是一年中最寒冷的时节。冬去春来，寒在岁终。大寒一过，新的轮回即将来临。

大寒时节，是一个诗意满满的时节。

宋诗有云："旧雪未及消，新雪又拥户。"岁暮天寒，旧年的残雪尚未消融，新雪已纷至沓来，很快便落满庭院，宛如给大地铺了一层绵厚的地毯，轻轻踏上去，松软又舒适。

冬风婉转，雪花悠悠。放眼望去，无数朵小雪花，在灯下漫舞，在空中蹁跹，好像冬在向你邮寄思念的信笺。它们热情地扑打你的脸颊，痒痒的，那是冬姑娘的手在温柔地抚慰你。

大寒时节，雪满山川，整个世界莹白一片。"山舞银蛇，原驰蜡象"，远处连绵的山脉，像一条银白色的大蛇，庄严地盘旋在山河之间。寒潭湖水，此时早已凝结了一层厚实的坚冰。冰面之下，**静静淌着流水，昼夜不停**。

雪花纷纷扬扬，落在松柏枝头，仿佛给树木披了一层银衫。

如果说松柏是冬的新嫁娘，那么松枝上的落雪，就是它们最喜爱的雪色婚纱。

这是大自然用风霜雨雪，为树织就的衣衫呀，寒风作针，冰霜引线，雪花为四季常青的松柏，编织出一条唯美的冬色长裙。

大寒时节，诗意满满。这个时节，翩翩白雪飞扬，苍松翠柏挺拔，让人感觉到冬日的可爱。

大寒时节，是一个年味渐浓的时节。

时令走入大寒，人们都开始忙碌起来，阜盛的烟火人间，多了几分辞旧迎新的味道。大家开始除旧饰新，腌制腊味，准备年货，迎接一年里最隆重的节日——春节。

大寒时节，正是农闲之时，民间有一系列迎新春的风俗：食糯、纵饮、做牙、扫尘、糊窗、腊味、赶婚、趁墟、洗浴、贴年红。

除尘沐浴过后，一室的凌乱被扫除，一身的污垢被洗净，一年的疲累也不见了踪影。

这时，人们从屋檐下取一条腊肉，坐在红红的火炉旁，慢慢搅动，熬一锅味道浓郁的糯米粥。再温上一壶好酒，写几贴红春联，墨香弥漫的日子里，与家人闲坐，灯火都变得亲近可人。人间烟火气，最抚凡人心。

大寒时节，年味渐浓，偶尔还会听到几声"噼啪"的鞭炮声。这个时节，寄寓着人们对新春的期待，寄托着大家对美好生活的向往。

大寒时节，是一个引人深思的时节。

大寒，极寒。这是一年中最寒冷的时节，也是蕴含春意最深的时节。走过大寒，新春就要来临了。

寒意深深之间，是暖春在荡漾；坚冰寒水之下，是温润的溪水在流淌；雪满山川之时，也是红梅含苞待放之际。

极寒之中，隐藏着春的气息。世界就是这样，阴中有阳，阳中有阴，事物的正反两面，都是彼此容纳、相互包含着的。

我们的生活也是这样，绝望中隐藏着新生的力量，失败里包裹着成功的经验，苦难里蕴含着顽强的信念。

世间万物都是相互转化的。"沉舟侧畔千帆过，病树前头万木春"，你以为枯树不会发芽，但其实，只要它探知到暖春的气息，有朝一日，它一定会再度抽枝、生芽，开出绚烂的花儿。

所以，如果你眼下过得困顿，请一定不要颓废，艰难的日子一定会过去。

在走向温暖明媚的春的路上，总要经历一段极寒之苦。这正如我们的人生，走过低谷，坚持不懈地奋斗、努力，才会迎来柳暗花明。

阳光普照之前，是昏暗的拂晓；春暖花开之前，是冷到极致的大寒。同样，在通往成功的道路上，是崎岖不平，是山路坎坷，是荆棘丛生。只要你咬紧牙关，坚持不懈，一定会迎来崭新的春天。

大寒时节，哲思满满。这个时节，赋予我们更深刻的思想内涵，也带给我们更顽强的毅力。

如果说二十四节气是一首悠扬婉转的歌，那么大寒就是其中一曲最高亢、最嘹亮的乐章。它是冬的终结，也是春的前奏。

雪花是这个时节的音符，年味是这个时节华美的文辞，哲思是这个时节的韵脚。当这一曲终了，下一个春就会再度轮回。

第三章

花木繁盛

那一簇簇狗尾巴草呀

晨曦穿过夜的迷雾，安静地洒向人间。经历了一夜寒凉的狗尾巴草，伴着微风，轻轻舒展着自己细弱的腰肢。它们在这柔光的照耀下，对路旁的行人浅笑着，似是在倾诉一番玲珑的心事。

每到夏日，一簇簇狗尾巴草便疯狂生长，它们沐浴着明媚的阳光，吸吮着清甜的雨露，在荒芜的土地上，蔓延着、蔓延着，靠自己零零星星的绿，点缀着贫瘠的大地，愈是空旷湿热的环境，它们愈是长得茂密。

它们那长长的穗头上，绣满绵密纤细的绒毛，轻轻抚摸一下，手心微微的痒。细长的叶脉，似柳叶，又似女子的弯眉，那般清雅脱俗。它们的躯干看似柔弱，却坚韧得难以拔出。它们将根脉深深扎进泥土里，汲取着土壤的养分。它们努力地挣扎着、生存着，那小小的身躯里面，蕴含着坚韧顽强的意志。

它们生长的场所，往往是断壁残垣，抑或坍塌的土墙。《诗经·黍离》有云："彼黍离离，彼稷之苗。行迈靡靡，中心摇摇。"老人路过故国，看到曾经辉煌的、人声鼎沸的城郭变成如今这样一片萧瑟荒凉的废弃之地，胸中怎能不感怀万千呢？国破家亡，城坏塌落，土墙的缝隙中，长出一丛一丛的杂草，我想，这些杂草里，一定会有狗尾巴草吧？在古代战乱频繁的年代，它们见证了无数城池的衰亡，田地荒芜，百姓流离失所，到处是杂草丛生，狗尾巴草也因此成了世人所说的"衰草"。

很多人都对狗尾巴草不屑一顾，因为它们太不起眼了，无香、无色，不似名花那般惹人注目，也不似野花那般摇曳生姿，它们藏在路旁的缝隙里，无人打搅，肆意生长，却依然让这片土地变得郁郁葱葱。因为它们的存在，古旧的城池里，破碎的花坛中，坍塌的土墙上，那些颓败、萧疏、荒凉，那些悲伤，都被掩埋，留给人们的，是满眼的青翠与葱茏，还有希望和不屈。

狗尾巴草还是一味中药，古籍中记载，它有清热解毒、祛风明目的作用，还会被拿来治疗黄疸、小儿疳积等疾病。还有人说，最早的小米就是通过狗尾巴草培育出来的。这小小的、不起眼的杂草，也有如此多的效用呀！它们生长着，便可给人带来一丝葱郁清新的气息；它们被采下，也会帮人们缓解病痛。这株小小的野草，亦在这茫茫尘世间，发挥着自身独有的作用！恰如我们每个普通人，都在自己的岗位上兢兢业业地工作着、奉献着，再不起眼的工作，也会造福大家、服务社会。

狗尾巴草的花语是坚忍、不被人了解的、艰难的爱。

恍然间，我想起小时候看的电视剧《情深深雨蒙蒙》，里面的尔豪和可云，有过一段刻骨铭心的青梅竹马之恋。那段感情很唯美，也很纯真，一个是富家公子，一个是小丫鬟，他教她背乘法口诀，教她英语，他会在她饿极的时候，递过来一块香甜的糕点，也会在她疲惫不堪之时帮她干活儿。

就这样，他们一起长大了，懵懵懂懂的爱情也随之萌发，他们一起骑马，一起坐公交车，一起去郊外放风筝，一起在芦苇丛中看星星点点的萤火虫。初恋的味道，酸涩中带着甜蜜，他们躺在草地上，男孩为女孩采下几支狗尾巴草，灵巧的手指上下翻动，编织出一对可爱的草环戒指。

这枚戒指，给我留下的印象非常深，那时，我每每看到狗尾草就薅几根，也想像尔豪那样，编一个指环戴上，但无奈，手太笨了，怎么也编不好，索性放弃。我想，这戒指，不光给观众留下很深的印象，对于这段感情里的女主角可云，也是一生难以忘却的美好回忆吧？哪怕她在往后的日子里境遇悲惨，变得疯癫，也一直在念叨着"狗尾巴草戒指，你一个，我一个"……

阶级的差距，感情的脆弱，男孩的背叛，让沉醉在虚幻爱情里的女孩痛不欲生。一直到剧情末尾，可云恢复了神智，也依旧是一人独行。经历了那样一场刻骨的爱恨离别，心碎了一地，再也拼不成之前那完整的模样。

编剧将狗尾巴草赋予了可云，也是想突出她那份坚忍、艰难又不为人知的爱恋吧？

她，就如一簇狗尾巴草，不惹眼，不引人瞩目，却将"灵魂"深深扎进尘世，九死一生中，凭着顽强的生命力高傲地活于乱世。

微风拂过，暗香盈袖，有些暖意穿尘而来。一簇簇狗尾巴草，就这样在风中摇曳着、轻舞着，诉说着自己坚韧的信念……

做一簇野雏菊吧

开在春日里的桃花，一簇簇的激滟，一朵朵的蓁妙。世人很少有不爱这艳的，妖娆的艳、极致的艳、曼妙的艳，怎会不惹人怜爱？

世间正值妙龄的女子们大抵也都如桃花一般，美丽而骄傲吧？她们小心地藏起矜持，用眼线笔勾勒出略带妖媚的眸光，再用层层粉底涂抹出令人心驰神往的酡红。大凡女子，本性里都有这样一种"艳"，如桃花一般。妆毕，便活泼地行走于俗暖人间。

然而，我怕是终其一生也学不来这样的妩媚艳俗。尽管我知，那样很是动人心魄。

我是个沉静内敛的女子，喜欢安静地发呆，也喜欢一个人待在角落里读一本书。在这样独处的时光里，我的心是安然恬静的。

所以，比起春日里热烈奔放的桃花，我更愿意做秋天那一簇素净安然的野雏菊，做最本真的自己。心若向阳，便无畏悲伤。无论阴晴，也无畏霜雨，都始终持一颗坚韧的心，守一方净土，悠悠绽放，有心之人，自会来赏。

友说，小野花的一生太过素净，我希望你也有热烈艳丽时，携手最爱的那个人，轰轰烈烈地徜徉于山水情画，再归于平淡。

我轻轻颔首，笑了。如此诚挚的祝愿，令我的心暖意横流。之前那些破碎而短暂的过往，也渐渐消散、沉寂。

友是个善良可爱又多才多艺的女孩，她更喜欢色彩斑斓的生活，性情也是欢脱得很。我虽艳羡这样的活泼，却更喜欢素淡安稳的模样。

轰轰烈烈的感情，最是炽热奔放，却也最是伤人。生命的长河，大多是在平稳中流淌，所有热情，也终会归于平淡。我喜欢细水长流的温暖，喜欢稳稳的幸福。是的，就是稳稳的。

我缓步行至楼下。

枯黄的草丛里，那一簇簇无香的野雏菊，静静绽放在冷瑟的秋风中，不为吸引所有目光。"她们"没有刻意修饰自己，也没有蜂蝶环绕，亦没有醉人的芬芳，只是随心随己，嫣然而娉婷。

这世间名花太多，牡丹、月季、玉兰、素荷、幽兰，皆自有一番风情。野雏菊在这些花堆里根本显不出什么特质，人们也不太留意"她们"。我却觉得，"她们"是一种很聪慧的花儿。"她们"知晓自己比不过春日里那些妩媚的花朵，所以挑了一年中百花凋残的深秋，众芳摇落，我独悠然。多么睿智！百花斗艳时，凸显不出"她"自己的幽静淡然，而当花落缤纷时，"她"便悄然盛开，不争、不俏，独留一缕幽情。这小小的野花儿，也有"她"自己的独特个性。

"她"很柔弱吗？

不。你听，海风呼啸时，花萼在绽放，在怯怯地呢喃。当你转身，就会看到不远处那一小簇瑟瑟又顽强的嫩枝。韧，是"她"的"灵魂"。

"她"不好看吗？

不。你看，晨露凄凄时，激滟的华光缀于"她"的花瓣，颗颗灵动，仿若泪珠滚落。雅，是"她"的外在。

"她"凄苦半生吗？

不。不知名又怎样？平淡素净又如何？"她"只是不愿与万物争春，不屑与百花斗艳。心若简单，兀自芬芳。淡，就是"她"的品性。

行走在物欲横流的世间，我们都会不可避免地陷入迷茫。持一颗淡然若水的心，在很多人看来，简直是不切实际的。可是，若你一辈子都在灯红酒绿里颓圮，在名缰利锁里沉沦，真的会开心吗？百年之后，谁不是成为一抔黄土，飘散烟尘？名利必须求，因为那是生活所必需；然而太过奢求，岂不是令自己的心扣上羁绊？

所以，就韧一些、雅一些、淡一些吧。

把性子磨砺得韧一些，也就不会在遇到挫折时唉声叹气了；把外形弄得干净素雅一些，也就不会招惹许多蝴蝶蜜蜂了；把名利看淡一些，也就没那么多的压力了……

不知不觉地，我把自己与眼前这一簇摇曳着的野雏菊重叠起来。是呀，我正是这样，崇尚素简的生活，不奢求过多的名利，不喜欢太过浮华、太多喧嚣的地方。我只希望，能在这庸碌的世间，寻一方安谧的冰玉之土，静静等待花开的季节。

我就是这样一个素净平凡的姑娘，我所求的，也是最简单、最纯粹的。有一个爱自己的人，可以随心做自己喜欢的事，读自己喜欢的书，化最清素的妆容，做最本真的自己。

我愿做这样一簇小小的、简单的野雏菊。我不怕无名，也不奢求众人皆为我驻足，唯愿我心悠然，清芳盛开。

就让我做一簇淡雅芬芳的野雏菊吧。于瑟瑟秋风中独舞悠然，舞出温柔坚韧的"灵魂"，舞出素雅娉婷的身姿，也舞出淡静若水的人生。

愿心似梅花，如雪般清绝

窗外，清凉的夜色熏染着那一弯皎月。屋内，悠然婉转的曲子从手机里缓缓流出。我滑动着梅花的图片，不由得思绪万千。

（一）

飞雪漫天的寒冬时节，梅花悠悠盛开了。

"她"身上有一种孤高的气质，不屑与百花争艳，也不求春风眷恋，更未奢望能与蜂蝶共舞。

"她"看不上那些妖娆的、谄媚的嘴脸，只希望能够在众芳摇落之时，顶着烈烈寒风，独自翩然绽放。

那朵朵花儿，开得暄妍，开得奇绝。哪怕花瓣飘落，也会化作尘土，保护下一代。无论严寒来得多么残酷，"她"始终散发着沁人心脾的芳香。"她"的坚强与执着，风霜雨雪，皆看在眼里。

"她"有的，是存于天地间的那一抹傲然之气，是那一缕绝世独立的君子之"魂"。

梅一直都是清瘦的，"雍容华贵"这四个字与"她"毫无关联。传统画家画的梅大都是瘦的，那密密麻麻如刀枪剑戟般的枝干，仿若与繁杂世俗抗争的武器，有着铮铮铁骨的浩然之气。上面的梅花骨朵儿，小如豌豆，即使绽放，也是红的、绿的、白的，稍稍点缀一下。可能这"瘦"，正是清贫的、孤傲的、正直的气节所特有的吧。

(二)

我想，梅花一定把"她"的心皆赋予冬风了。"她"为"他"醉，也为"他"醒。然而，那无情的冬风却丝毫不怜惜，狂风猛烈地吹来，梅的枝叶和花瓣终是散落了一地，像凋零的心。然而，"她"又是吹不死的，纵然被风无情摧残，"她"依旧可以娉婷绽放，依然新白抱新红。冬风无情，"他"掠过世间一切凡物，梅，终是苦恋一番，相思凝泪，轻寒瘦损一分肌。

电视剧《甄嬛传》里，女主角甄嬛就非常喜爱梅花。雪夜里，她双手合十，紧闭双眼，轻声向着那棵梅树许愿："逆风如解意，容易莫摧残。"甄嬛聪敏灵秀，她已经意识到，无情的冬风会对娇艳梅花进行一番摧残，就如妙龄的自己进入深宫，会被无尽的宫斗折磨一般。她的内心，是极其厌恶宫廷里金丝雀的生活的。

然而世事无常，最终，她还是成了皇帝的宠妃。繁花似锦的日子还未持续多久，她就被宫妃陷害，被皇帝猜疑，还让自己那颗满含真情的爱恋之心伤痕累累。得知自己在皇帝眼里只不过是"莞莞类卿"，只是皇帝朝思暮想之伊人的替代品，生性高傲的她，再也不屑于为了荣华富贵而与皇帝虚与委蛇了。她拖着产后羸弱的身躯，自请离去，她在瑟瑟寒风里哭泣着，为自己那段最青涩美好的锦瑟华年悼念着，也在夹缝中小心应对着险恶人心的算计。

(三)

有关"梅"的文学作品，大都带着一种悲伤和凄然。

雪小禅说，梅，是一个清冷的寡妇，抑或是一位终生不遇爱情的凉薄女子。在风、雨、雪的交相袭击中，"她"即使遇见自己的爱情，也最终会被遗弃。帘幕东风寒料峭，"她"身着一袭红装，泪落千行，凝望着负心人渐行渐远的身影，"她"的视线，早已模糊不堪。

巴金的小说《家》中的梅表姐，清瘦、奇绝、命途多舛，最终被封建恶势力所迫害。后来我才知道，原来20世纪80年代拍摄过电视剧《家》，里面的梅表姐，竟然就是"林黛玉"这一角色的扮演者陈晓旭饰演的。不得不说，导演真是太会选角了，陈晓旭眉宇间那股清冷傲然，还有她纤瘦曼妙的身姿，非常符合"梅表姐"的气质。

犹记得当年，我在读《家》的时候就很喜欢梅表姐，她容颜绝美、身姿玲珑，初恋亦是刻骨铭心，却偏偏命运不济。她爱的人高觉新最终顺从了封建家族的安排，放弃了这段刻骨唯美的初恋，迎娶了李瑞珏。对于梅表姐来说，爱情是她的生命，亦是她的救赎，是高觉新的爱，带给她无尽的快乐；也是高觉新的懦弱，最终导致梅的命殒。失去了纯洁爱情的梅，就如失去了生命源泉一般，极速地凋零、枯萎，只余下一地的哀婉和凄伤。

那时，我看到她的结局，为她的离去伤心、难过了许久，还为她写了这样两首诗：

其一

发浓眼哀眉颦蹙，掩帕茫然顾。

颜色憔悴泪欲流，故人怎堪回首、独上楼。

愁肠百结容空俏，片刻凄楚笑。

冷雨敲窗梦难留，往事旧情难忘、绕心头。

其二

薄纱掩，难收敛，言犹未尽恨留晚。

痴情故，阴阳隔，发散枕畔，悲声呜咽。

叹，叹，叹！

烛泪漫，唯祭恋，荒凉冷寂无声唤。

红凌乱，余烬燃，楹残墨褪，阶前草深。

怨，怨，怨！

陈晓旭曾评价过她饰演的这两个角色："林黛玉和梅表姐，都是封建时代的受害者，她们都经历了一场幻灭的爱情，所以她们的生活中，只有眼泪，没有欢笑。"

如今，那样束缚人性的年代已经一去不复返了，今天的年轻人们可以在明媚的阳光下、清澈的碧水旁自由地相爱，只要播下爱的种子，就能收获爱的果实。有情人，即使隔着山、隔着水，即使远在天涯海角，也会终成眷属。

（四）

即使在传统文化里梅花蕴含着无尽的悲剧色彩，但我依旧被"她"清绝、孤高、傲岸的气节所折服。

我在自己的微信头像下面写过这样一句话："做一株清绝寒梅。单纯而温婉，遗世而独立。不屑媚俗，不善伪装。"这句简介用了多年，我一直很是喜欢，未曾改动过。

我甚爱梅花。梦中，飞雪翩然，一树树清雅娉婷的梅，宛如高洁的仙子，在漫天飞舞的雪花中亭亭玉立。朵朵梅花，次第开放。"她们"在寒风里相互推搡着，笑闹着，仿佛在对着凛冽寒风倾诉悠悠柔情。

世间名花万千，我独爱梅花。"她们"在凌寒中瑟瑟绽放，不惧烈风暴雪，不怕刺骨冰霜，还会散发出缕缕幽香，不甜不腻、不浓不艳，默默地坚持自我，守着心底最初的纯净。愈是逆境，"她们"愈要绽放；愈是污浊，"她们"愈要坚持清白的操守和信念。这一生，唯愿我心似梅花，如雪般清绝。

流年似水，多少次，我于碎碎念念中痴痴傻傻地蜕变；多少次，我于哭哭啼啼中跌跌撞撞地成长。女子如花，零落成泥碾作尘。"她"是最守时的"灵魂"，纵然凋落，来年依旧不负佳期，在凛冽的寒风中摇曳生姿。

愿我今生，是一枝在逆境中幽幽绽放的梅，在透骨的风霜中傲然挺立。

做人，当如那一丛旋覆花

办公楼脚下，有一条绵长的小路，路旁的栏杆里，盛开着一簇簇明黄色的小花。

每日，我都往返在这条小路上，悠闲地欣赏着这些黄色的花儿。

秋风微凉，一丛丛金黄色的花儿开得异常茂密。阳光下，它们团团簇簇地挤在一起，或迎风招展，或群舞悠然，或巧笑盼兮。那小巧精致的花瓣儿，黄得耀眼，像泛着金光似的，一派绚烂夺目的光景。

我向来不知这是什么花儿，一时好奇，便走近它们，点击图片扫描，查看专属于它们的"名片"。

"旋覆花"三个字映入我的眼帘，我不禁被这个美丽的名字惊艳到了。这么小的花儿，竟然还有如此美的名字。

旋覆，也作"旋复"，古代诗人常取其"凯旋复归"之意。晚清诗人黄遵宪就曾写道："墙外垂杨尽别家，平分水竹颇争差。万花烂漫他年事，第一安排旋复花。"

身在晚清那个山河破碎、家国飘零的年代，黄遵宪始终都有一颗坚定的变法之心。他不畏同僚排挤，也不怕被腐朽朝廷革职，以"旋复花"做比，含蓄表达了自己的一腔夙愿。那就是，自己一定要重新归来，一定要坚定地改革变法，一定要让祖国富强！尽管在那个年代，他面对的阻力非常巨大，但，他仍不改初心。这颗炽烈的爱国心，就这样被寄予在这小小的、韬光养晦的黄色花儿里。这小小的旋覆花，在黄遵宪的心中，就是一种充满希望的花儿。

旋覆花在草丛里随处可见，以至于我经常将它们视作一种不知名的小野花。如今，仔仔细细研究一番过后，我忽地从心底生出一种敬佩来。

这看似平静又普通的小花儿，原是一种早已应用了两千多年的中草药！它们的花叫旋覆花，它们的茎叶叫金沸草。无论是花还是茎叶，都可入药，且有不同的药效。

传统本草学中有句话："诸花皆升而旋覆独降。"就是说，花类草药的性味皆是上升、发散的，唯独旋覆花，它的性味是下降的，可降气化痰、降逆止呕。曾经，医圣张仲景还用它制成一味汤剂——旋覆花汤，沿用至今，缓解了数以万计之人的病痛。

原来有些花儿不仅可以给人带来一种心旷神怡的感觉，还可以舒缓人们身体的不适。它们不仅要努力绽放自己的光华，还要将自身所有部位皆献予他人，只求将自己生命的价值发挥到极致。

原来这不起眼的小小花儿，心中也藏有宽大格局。它们美丽悠然、灿烂耀眼，给人无限的希望，亦替人解无穷的痛苦。它们，在这平淡又短暂的生命中贡献了自己最大的价值，还一直如此低调，如此默默无闻。

做人，当如这一丛旋覆花，在平凡的生活中绽放出自己璀璨的光芒，还要在有限的生命里发挥出自己无限的价值。

桂华铺满地，淌过一室香

　　无意间看到一位朋友拍摄的桂花。朵朵桂花团聚于枝头，小巧精致、优雅自如，宛如一粒粒明黄的小米。它们拥拥簇簇、欢欢闹闹，盛放于盈盈碧叶间，就像一个个顽皮的小孩，活泼又无邪地微笑着，在和行人打招呼。

　　一阵清爽的秋风拂来，桂花纷纷扬扬飘落，整条街道都被这密密层层的小花儿铺满。

　　一瞬间，道路变成金黄色，在街灯的映衬下，柔柔地泛起华光，仿佛童话世界里的小精灵们，在为他们的国王举办一场盛大婚礼。

　　空气中，到处弥漫着桂的清香，就如小精灵们奏起一支优雅清新的音乐。这花香幽幽散散，飘逸至很远很远。

　　有多远呢？恍然想起一句诗："桂子月中落，天香云外飘。"这小小的花儿呀，它们的清香是如此霸道，都可以飘至天外云间了。

　　读过丁立梅写的桂花，桂香在她笔下像一个调皮捣蛋的孩子，会钻进鼻孔，会趴在肩头，会落在碗里，还会睡在枕边。这是多么浓郁的香呀！

　　我想，如果撷一簇桂花盈于怀中，一定会香醉了心，也一定会让人做一个最美、最甜的梦。

　　桂花不仅香气四溢，还有诸多用途，它可泼茶，可酿酒，可食用，还可入药。

原来这世间还有这样一种花儿，外表看起来那般朴实无华，却可以为人带来如此馥郁的馨香，还有如此温润雅致的感觉。

我们可以寻一个淡云朗月的秋夜，安然静坐于窗前，沏一壶芬芳淡雅的桂花茶，细细品咂，唇齿留香，回味时只觉甘甜。

我们可以在这样金桂飘香的时节，携一知己，同饮桂花酒，秉烛夜谈，开怀畅饮，将那一澜绵绵心事，尽数寄予这一杯清甜的桂花酒中。

我们还可以寻一个温暖柔和的秋日，与无数贤惠的妇女，将这满地撒落的桂花轻轻拾起，温柔淘洗，和上糯米粉，拌入雪花糖，脱模，上蒸锅，然后静静望着那如丝如缕的蒸气，看它们袅袅升起，盼它们氤氲甜香。

而后，一块块纯白似雪的桂花糕就出炉了。轻咬一口，绵密细腻，淡雅清甜，令人心旷神怡。

桂树的花、果、根，皆有不同药用，桂花儿可化痰止咳，桂果儿可暖胃平肝，桂根儿可祛湿散寒，这桂树浑身上下都是宝呀。

这小小的花儿看上去如此朴素，却又有着如此广泛的用途。它们平凡的生命里蕴藏着巨大的能量，饱含世间最深厚的情意。它们把自己的一切，都奉给世人。

花香弥漫，醉了世人的心；酒香四溢，谱出红尘陌上最动听的友谊之歌；清甜之味悠悠绽放，润泽了我们的喉咙；苦涩蔓延，却可以根治人们的病痛。

在这个清寒的深秋时节里，遇见这一树桂花开，也仿佛遇见那一脉悠长绵密的芬芳流淌在我身边。我想，这绵延不绝的香气，一定会带给我最甜美的梦。

鲜艳的美女樱，请予她一世安好

无意间瞥见一簇美丽的小花儿，查询了一下，原来它叫美女樱。

我不禁感到惊艳，好美的名字。"她们"被一位老人种在自己的农家小院里，日日悉心照料着。在这温和淡雅的秋日，美女樱们悠然绽放，开得巧妙，开得鲜妍。

美女樱颜色各异，有玫粉色的，有深粉色的，有紫色的，还有艳红色的，像搽着不同颜色的胭脂。

"她们"在秋风里热闹地说笑，在秋雨中尽情地梳洗，如一个个爱美的姑娘，兀自端然清丽。"她们"描画着自己娇媚的容颜，想要将最美的一面呈现给心悦之人。

美女樱姿态万千，一朵朵小花儿相互紧挨着，或围成一个圈，或紧密相连，或亲昵依偎，就像一群美丽的姑娘手牵着手、肩并着肩，彼此协同、相互配合，一起排练着优美的舞蹈。

一阵微凉的秋风拂过，花儿们轻摆，真如跳着一支柔婉的舞。此时的美女樱，正是芳华盛放的时刻，"她们"美丽动人的花颜，惊艳了所有人。

这位种花儿的老人，她的内心一定非常温柔。透过这一丛丛鲜妍美丽的花儿，我仿佛看见，她端着盆，弯着腰，动作轻柔地浇着花。

她一边洒着水，一边喃喃自语着："你们快些长呀，等你们长好了，开美了，我的孩子们，我疼爱的孙儿们，就会回来看我啦。"她的眼底，是一抹柔和的笑，只是这笑意里，还微微带了些浅淡的忧愁。

是的，美女樱的花语是守望，是和睦，是家庭的团圆。老人辛苦一世、操劳半生，亲人们却在祖国各地四散飘零着，一年年、一岁岁，离散总是比聚合多。老人种下这么多颜色各异的美女樱，何尝不是对亲人团聚的热切期盼呢？

这位种花儿的老人，她的内心一定非常善良。这一簇簇密密层层的小花儿，开得那么喧妍，那么热烈，还散逸着馥郁的芬芳，这何尝不是她热爱生活的写照呢？心灵美好之人，才愿意花心思去栽培花草。

她将自己满腔的爱意与温柔，尽数赋予这一蓬一蓬的鲜花，也将自己内心深处对儿孙的爱，全部铺洒进花儿的根脉。

待到她想念的孩子们看到这一丛丛繁盛的花儿时，那些柔美，那些温暖，那些芬芳，那些念想，便缓缓流入他们的心田。

老人在这一方小小的院落种下一簇簇鲜花，寄托的是她对孩子们无尽的想念，我们看到的，也是她那颗温柔且和暖的心。

只是，如今这位善良的老人生病了。她心心念念的孩子们也终于回到她身边，就像她用心栽培那些花草一样，她爱的孩子们也悉心照料着她，不辞辛劳。

我只愿，这花儿的清香可以拂去老人的病痛，可以带走这小小院落里的阴霾。

愿时光善待这位内心温柔的老人，予她安康幸福的人生。

愿光阴慈悲，可以予她安谧，予她欢乐，予她一世安好。

唯有牡丹真国色

"唯有牡丹真国色，花开时节动京城。"

牡丹花是花中之王，也是花中傲骨。"她"没有荷花的清幽凝香，也没有蜡梅的孤傲出尘，更没有桃花的灵动活泼，但"她"自有一份独特魅力。花开惊艳，花落无言，香了整座城，醉了一片心。

前不久，我与孩子观看了一节动画课程，讲述了洛阳牡丹花的故事。

寒冬腊月，武则天醉酒，来到花园。她看到百花凋零，瞬间感觉很乏味，于是下令要求百花盛开。

众花不敢违抗命令，于是，"她们"都顶着寒风，瑟瑟地开放，只为了讨好女帝。唯有牡丹花，遵守时令，不擅自开花。武则天很生气，就把牡丹花连根拔起，贬到洛阳了。

到了来年春天，洛阳城里的牡丹，开得非常热烈，团团簇簇的，比在长安花园里都美。

不久之后，洛阳牡丹园又遭遇了一次火灾，但是牡丹花依旧开得很好，朵朵压枝低，目之所及，一片繁花似锦，美不胜收。洛阳牡丹，至此天下闻名。

牡丹花是有傲骨的，"她"不畏强权，也不惧人间烈火焚烧，只是顺应天性，兀自盛开。"她"的勇敢，令我敬佩不已。

"她"很坦然，总是大大方方地向众人展示自己的美，不像粉花月见草那样，需要靠夜色遮掩，才敢绽放自己美丽的容颜。也不像含羞草，羞羞答答的，别人碰一下，就害怕地蜷缩起枝叶。"她"面对人们的赞美，从来都是大方接受，不曾扭捏。"她"的从容淡定，深深感染着我。

与朋友聊天谈及牡丹花，她说，她小时候还吃过牡丹花呢。摘一朵牡丹，将花瓣洗净、切细丝，和在鸡蛋液里，拌匀、蒸熟，吃起来很滑嫩的，还有一股浓郁的牡丹花香。

也经常看到有朋友会取一朵白牡丹花，泡茶喝。看那素洁的花瓣在水中轻轻舒展，一丝一缕的清香弥漫在空气中。想必，这一盏白牡丹茶，喝起来也是透骨透香的，简直要醉了魂。

唐代罗隐曾写诗赞过牡丹花："若教解语应倾国，任是无情亦动人。"牡丹花，花开富贵、倾国倾城。在诗人心中，"她"是一朵温婉可人的解语花，哪怕"她"待你无情，你也会被"她"惊艳。

我想到《红楼梦》里的宝钗。"任是无情也动人"，这句诗便是薛宝钗抽到的醉花签。

大观园里，薛宝钗最似牡丹，冰肌玉骨、端庄秀丽、雍容华贵。她无论对谁，都是温婉的，不刻意亲近，也不刻意疏离，只是淡淡的坐在一旁，看其他女孩憨然笑闹。

说她无情，的确是的，寄居贾府，她甚是懂得守拙自身，从不流露出自己的真实想法，哪怕眼见贾府奢靡，她也只是安然静守自己的一方天地，王熙凤也说她"不干己事不开口，一问摇头三不知"。

但即使是这样的"无情"，她也是动人心魄的。宝玉看她，痴了神似的，宛如一只呆雁。黛玉寄人篱下，时常会感到孤独无依，众多女孩里，除了紫鹃，唯有宝钗，是她真正付诸真心的知己。

"山中高士晶莹雪"，她就像隐居山林的世外高人，不问世事，不扰内心，不为世间繁芜所迷惑，坚守心灵深处那一抹恬静。我想，曹雪芹一定是喜爱这个女孩的，他将"真国色"的牡丹赋予宝钗，也是把最香的祝福寄予她。

牡丹花，花开不言，花落不惊。年复一年，"她"都安静地开落，坚守初心，不惧强权烈火，不畏世事艰难。"她"的从容不迫，当得起世人冠以的"真国色"。

庭下丁香千千结

丁香花开了。

许是被一场细润的春雨淋湿过，又许是被春夜的月光浸润过，再或者，是在回应春雨那温柔的问候，几乎在一夜之间，丁香花们都"呼啦啦"地开了。

"她们"像可爱的花精灵，张开纤细的手掌，拥抱春的温柔，吮吸春的甘露；又像春天吹奏着的小喇叭，将和暖的气息播散出来。那一颗颗含苞待放的花骨朵儿，就像少女羞涩的心事，里面包裹着无数细碎的相思，只待春天一个回眸，便在刹那间释放。

春日迟迟，时光缓慢而悠长，丁香花们听到了春的呢喃，因此开得激滟，开得活泼，开得欢闹。"她们"在微风里轻轻地摇曳，对着游春的人儿点头微笑，在倾诉心中那一汪迤逦的春日情思。

盈盈的绿枝上，缀满紫色的、白色的花团。东风袅袅，花枝招展，"她们"是在欢快地跳舞呀！一片片嫩绿的叶子，是"她们"翩舞时的小扇；一簇簇娇媚的小花儿，是"她们"柔软又纤细的腰肢。可爱的丁香花们，正在酣畅淋漓地演绎着"她们"对春的眷恋。

风停，丁香花也都随之安静下来。春日的阳光洒在那一团团新绿之上，像是镀了一层金粉。无数朵稀疏的小花儿点缀其中，宛如身着素简衣装的邻家女孩，搽了一层淡雅的妆容，清丽、安素、幽香，那简约干净的模样，不经意间醉了人心。

丁香、丁香，顾名思义，"她"是香气四溢的。别看"她"容貌清简，可"她"的香魂却是幽幽远远，一直缠绕着你呢。像一个痴情幽怨的女子，情爱一旦被牵扯出来，就会缠绵一世的光阴，就算凋零，那一丝一缕的香气，依然会萦绕在空气中，香魂犹在。

我想起戴望舒笔下那个结着愁怨的丁香姑娘。她有"丁香一样的颜色"，有"丁香一样的芬芳"，还有"丁香一样的忧愁"。

她徘徊在寂寥的江南小巷里，细雨绵绵，顺着她的油纸伞，滴落在青石板上，溅起一朵朵水花。凉风瑟瑟，拂过她单薄的春衫，也抚弄着她眉心的愁绪。

她缓步走着，路过颓坏的篱笆墙外，恰好瞥见一簇盛开的丁香花。春雨温柔地落在那小小的花瓣上，像风露里凝着的清愁，又像闪烁着的晶莹泪光。

春风吹了又吹，花雨没有飘零，丁香花依旧凝着幽香，在枝头摇曳。恰如女子心上的愁绪，任凭泪水如何滴落，都无法被冲蚀掉一样。

她一定是在想念远去的爱人吧？那缠绵春雨里凝结的丁香花，其实就是盛开在她心上的相思之花啊，挽了一世的眷念，惹了一生的幽思。或许，她一辈子都守在这段悠长的雨巷里，日日盼着心上人踏月归来，哪怕容颜老去、相思枯萎，她的情依旧不散，她的魂，依旧躲在枝梢上酣睡，并且香远益清。

多年前，我曾听过一首名为《丁香花》的歌："你说你最爱丁香花，因为你的名字就是它。多么忧郁的花，多愁善感的人啊。当花儿枯萎的时候，当画面定格的时候，多么娇嫩的花，却躲不过风吹雨打。"曲调凄婉，幽怨缠绵，诉不尽的相思离别意，唱不完的脉脉梦里情。

那一场风花雪月的情事，就像紫藤花架下、月冷风清中，故人做的一场春梦，梦里花团锦簇、笑语铃铃，梦醒却空杳而怅然。梦里，那个丁香一样的姑娘，是活泼明艳的，只是，她的生命从此定格在那最美的一瞬间。梦外，那个爱上丁香姑娘的人，却是愁肠百结，心里始终下着一场凄冷的雨。她终是成了他心上的朱砂痣。

春风过处，丁香花的气息扑面而来，我的思绪也不由地被拉了回来。眼前的丁香花依旧开得热烈、奔放，宛如痴情女子那热切的等待。她们在等待一场轰轰烈烈的爱情，在等待一段咫尺天涯的相思，亦在等候一个归心似箭的故人。那悠远浓郁的香气，便是她们道不完的想念啊。

第四章

人间真情

山河礼赞，光辉历程

金秋十月，漫山红遍，层林尽染。我们欣欣向荣的祖国，已走过七十四载年华。

"她"，从硝烟弥漫的战火里涅槃；"她"，从波诡云谲的斗争里重生。过去那些不堪回首的岁月早已如烟云，荡涤在历史的滚滚红尘中。那些耻辱与悲恸，那些坚韧与不屈，皆被历史深深铭记，永刻丰碑。

我们不会忘记那段艰苦卓绝的峥嵘岁月，也不会忘记那些理想坚定的英雄豪杰。是他们，不畏牺牲，为后来人争取到当家做主的幸福生活。是他们，顽强不屈地守护这大好山河，为我们清扫野蛮与荼毒，让我们美丽的祖国重新焕发生机。

七十五年前那一声惊天动地的呐喊："中国人民从此站起来了！"向世界庄严宣告，我们中华儿女从此再不愿受外辱；我们的祖国再不愿被当作鱼肉，任人宰割。从此，我们开启了建设伟大国家的梦想道路。

我们要独立自主，要建设我们自己最美的家园，要过富强的日子。我们那些伟大的祖先，创造了数千年的荣光，让我们有底气，也有底蕴，再造一个辉煌灿烂的新中国。

于是，我们伟大的科学家们呕心沥血，历经千难万险，研制出那颗巨大的蘑菇云。从此，我们有了抵御外辱的强大武器，让列强都震撼不已，再不敢随意侵扰。

我们伟大的医学家们努力钻研，排除万重困难，推进我中华医学进步。从此，我们中华儿女多了一重生命的保障，我们祖国的可爱人民都可以在病痛中得以延续生命，重获健康。

我们伟大的教育学家们终于可以安心坚守教坛，继续深耕我们祖先弥留下的精神旷野，培养出一代又一代建设新中国的人才。

如今，祖国的七十五载芳华已走过，我们早已从那个饥寒交迫的旧时代，跨越历史的风尘，步入富强文明的新时代。

如今的祖国，早已摆脱受人宰割的阴影，走向光辉灿烂的复兴大道。"她"，在这风云变幻的国际朝局中，已经拥有了非常巨大的影响力。

我们数千年的璀璨文化，也在逐渐变成世界主流。我们无数中华儿女，也因这伟大强盛的新中国而倍感骄傲。

我们中华民族，从遥远的神话时代一路漂游而来，历经数千载，始终以顽强不屈的伟大毅力，矗立于世界民族之林。我们中华山河万里，绵延不绝；江山锦绣，如诗如画；人才辈出，赤胆忠心。

无论世事风云如何剧变，我们的祖国永远拥有顽强不屈的毅力，"她"不会倒下，"她"亦会永远年轻。

"她"是伟大的，也是美丽的，更是坚韧的。正如梁启超先生曾发出的那一声豪言壮语："美哉我少年中国，与天不老！壮哉我少年中国，与国无疆！"

一百年前，在那个山河破碎风飘絮的年代，老先生尚且能坚守一颗爱国心，发出这样振聋发聩的呐喊。一百年后，在这个繁荣昌盛、独立富强的中华盛世，我们的祖国也必将如他所愿，如一位意气风发的少年，昂扬挺立走入新时代！

寥寥数语，难以描摹祖国历经的千难万险，那需要我们静心研究，才能品味出厚重史册的璀璨华光。

只言片语，亦无法描绘祖国那宽广辽阔的万里河山，那需要我们倾尽一生，才能踏遍这片广袤无垠的土地。

对祖国的款款深情，更让我无法用言语表达。千言万语，我只想汇成一句话——祖国，我爱您！祖国，祝您生日快乐！

回忆中的月饼

前几天,单位给每位职工发了月饼。月饼装在一个个红艳艳的盒子里,打开后,甜香四溢,这一缕浅淡的芬芳,飘散至房屋,久久萦绕于这清凉的空气中。

我拿起一块小小的月饼,浅尝一口,却并不觉得多么美味,心中不免遗憾。这不由得勾起我儿时那些记忆。那时,奶奶总会在中秋前夕提着麻油和白糖,带我去打月饼。

那时的我们住在小南湾的巷子里,每到中秋来临之际,大家都会涌去街边的那个烘焙店,自己买好做月饼的各种配料,让烘焙店的师傅依次制作、烘烤。那条小小的街道,总会弥漫出一股浓郁的月饼香气,丝丝缕缕飘荡在巷道街边,带着几分甜蜜的气息。

那时,我会趴在烘焙店那扇窗户前面,看店里师傅们仔细地和面、调馅、压模,然后把一个个圆圆的月饼依次放在大烤盘上,送进烘焙箱。那箱里灯光晦暗,泛着橘黄的亮色,嗡嗡作响,过一会儿,一炉喷香的月饼便做成了。

刚打好的月饼,热乎乎、软绵绵的,吃起来松软可口,还带着一丝清爽微甜的味道。咬一口,嘴里满是月饼的香气,好像也吃到了一股月亮的味道,甜淡也相宜,就这样一口接一口,三下五下,一块儿月饼就进了肚。

这时我继续伸手还要拿，总会被奶奶喝止："这玩意儿不可多食！吃多了容易腹胀。"那时我不懂，觉得奶奶小气，如今想起来才明白，原来那是对我深切的关爱呀。

打好的月饼，会被爷爷依次装进扁担的两个大桶中，用报纸包裹好，然后用肩膀一挑，两个载满月饼的大桶就这么晃晃悠悠跟着他回家了。大桶是铁质的，看着很沉，但那桶在爷爷的肩膀上却宛如灵巧蹁跹的鸟儿，轻盈地在他身侧摇晃。

那时的他还是个硬朗强健的壮年男子，而如今已头发花白，瘦弱不堪，想起他那羸弱的模样，我的心底不由得泛起一丝心疼。岁月，在不停地催我长大，也在催他一日日变老。时光荏苒，我们都不再是当初的模样。

又是一年中秋节，我想起那一枚枚圆圆的月饼，也想起那时风华正茂的爷爷奶奶，心底升腾起一缕绵长的思念。无论时光怎样变换，那些回忆里的月饼，永远是我心中最美的味道。

童年记忆中的火炉

进入腊月，冬意更深。寒气幽幽，在房屋里蔓延。玻璃窗上，凝结起一朵朵冰凌之花，层层叠叠的，仿佛冬姑娘在用"她"的妙手仔细镌刻着精巧的花瓣。

这样寒冷的日子，我总会想起儿时奶奶家那温暖的火炉。严冬腊月，飞雪飘零，冬日的酷寒在流转。但只要有火炉在，小院与房屋总是温暖如春的。

那时候，爷爷奶奶住在矿上的小平房里，每天清晨都要早早起床，用斧头捣碎煤炭，然后劈柴、生火、烧水、做饭。

小院子靠墙处有一座灶膛，是石砌的。它总是贪婪地吞下无数炭柴，燃起橙红的火焰。大锅坐在炉灶上，火舌不停地舔着锅底，片刻工夫，小院就逸出浓浓的饭菜香，屋顶的烟囱里也飘出袅袅炊烟。

院子里这座灶火是奶奶家的"大功臣"，无论是平日里做饭，还是逢年过节做炸糕、炖肉、油饼、面条、粽子，都是离不开它的。

烈火在它的心里燃烧，碎炭被塞入它的口中，但它始终都是无怨无悔的，它默默吞噬着一丛又一丛火焰，为我们烹制出无数珍馐美味，满足我们的口腹之欲。

在我的记忆里，童年的冬天是异常寒冷的。因此，除了院子里做饭的灶火，屋内少不了取暖的火炉。爷爷总会在入冬前，将小火炉安装好。

屋里的火炉，在体积上自然没有院里的灶火大，炉内燃烧着的火焰也不及屋外石灶里的火旺盛，但它依旧给屋里带来温暖的春意，也为我的生活增添了许多乐趣。

那时我放学回家，第一件事就是走到小火炉跟前，搓搓手、烤烤火，不一会儿，全身就暖和得冒了汗。

我还经常掀开炉盖，看那些烧得通红的燎炭，一块一块，就像冬夜里幽微的红灯，还时不时迸出星星点点的火花。这时，我会拿起放置在地上的火钩捅一捅那些即将烧灼完毕的炭块，随即，一阵阵"簌簌"的响声，就会从炉子里发出。那窸窸窣窣的声音，像一支悦耳的冬日歌谣，让我小小的心溢满喜悦。

爷爷特别喜欢坐在小火炉旁边烤馒头片吃，他一手拿着烤架，架上是一片片雪白的馒头；一手拿着筷子，不停地翻动。馒头从雪白变成黄褐色，就烤好了。吃一口，酥酥脆脆的，再搭配上几丝小咸菜，幸福的感觉油然而生。

记忆中的小火炉是温暖的，它会把铜壶里的水，烧得"汩汩"作响，直喷热气；会把纯白的牛奶，热出香醇的气息；还会把阴冷潮湿的衣服，慢慢烘干，再穿上身时，就会变得舒适又熨帖。

小时候，奶奶曾养过一条狼狗，每年冬天，这条狗狗也非常喜欢卧在屋里的小火炉旁边。

奶奶在屋外做饭，狗狗就会在院里静静等着，等她把一块儿肉骨头扔在地上，它就会立刻叼起来，卧在小火炉旁边，两只前爪紧紧护着骨头。此时我若是靠近它，它就会很警惕地发出"呼"的声音，好像生怕我抢走它的骨头一样。

于是，我便退到一边，看它惬意地在炉子旁烤火，看它有滋有味地吮着美味。这小小的火炉，给狗狗也带来许多舒适与暖意呀。

我小时候体质比较弱，经常会在严寒的冬天咳嗽个不停。

每到这时，奶奶总会买来几个鸭梨，洗干净后，把梨放在小火炉侧边的通风口上，开始烤梨。一面烤好，再转过来烤下一面。如此反复，最终，当黄灿灿的鸭梨变得通身乌黑之时，梨就烤好了。然后，她仔细剥去黑皮，把烤梨切成小块，再放一块冰糖，用小勺轻轻拌一拌，端给我。

我开心地接过烤梨，吃一口，那温热又甜蜜的味道便润满整个喉咙。连续吃几天，我的咳嗽也就好了大半。

因为这小小的火炉，我才得以尝到烤梨的香甜滋味。后来，我们搬进了楼房，小火炉没了，烤梨也就永远停驻在我的记忆里了。

记忆中的火炉，曾数次为我驱除寒冷，为我烹制美味，还让我的生活变得暖意融融。那小小的火炉里燃烧着的，是祖父母对我无尽的疼爱。如今，它已然变成我童年岁月里一枚闪闪发亮的星。

记忆中的火炉，是冬夜里的守护神，眨着眼睛释放温暖；记忆中的火炉，是寒冬里温柔的暖阳，点缀着苍茫素净的冬日；记忆中的火炉，是一位有着甜美嗓音的歌手，燎炭"噼啪"作响，那是它在不知疲倦地歌唱。虽然现在我早已远离了与火炉做伴的日子，但记忆中那一抹温暖，始终在我的心头荡漾。

清明·忆姥爷

又是一年清明至。天色空蒙，阴云密布，仿佛这天地都是知晓人们心底那一抹忧愁的，于是下起了纷纷扬扬的清明雨。柳色新新，随风飘摇。山桃蹁跹，沾了雨滴，在风里微笑。我悠长的思绪，被这风儿轻轻吹起，漾出一圈圈想念的涟漪……

姥爷是在十二年前突发脑出血倒下的，从此我们再无相见。

我对姥爷的印象不多，因为平日里接触特别少，只记得小时候，他的牙齿都掉光了，嘴里安着两排可活动的假牙，他经常用舌头将假牙顶出来，我小时看着，觉得特别好玩，总是特别开心地让他再次把假牙从嘴里推出来。

我还记得小时候姥爷手里经常握着两枚铁球，就那么转啊转，那球球在他的大手里灵活极了，有趣得很。

妈妈给我讲我小时候的往事，说姥爷很喜欢喝酒，有一次，她带我去他家，姥爷一边喝酒，一边用筷子蘸酒给我尝，把我喝得醉醺醺，站在炕上摇摇晃晃的，他笑得前仰后合。

后来长大了，他曾经居住的那座小房子被拆掉了，于是姥爷住进城里二舅的家，给他看孩子，心里眼里都是他的宝贝孙子。不过，他还是会时不时来我们家，给我买大包的零食吃。那时候，他的耳朵已经不好使了，经常要人大声说话才能听见，但身体还很硬朗，经常拿着公交卡，走遍市里的每一条街道。

　　我以为我不想念他，我以为他给我的记忆那么少，不足以支撑起我的想念。可是，当我写到这里的时候，心里忽然有一种热热的感觉，眼泪不小心就涌出来了。原来，温暖的日子，是由细碎温润的生活细节组成的，当那人离去，曾经过往的一幕幕，在我们眼前翻飞，就会触动心底最真的那根弦……

　　还记得十二年前，爸爸给我打电话，说姥爷不在了。那一刻，我的脑子是懵的，可是挂上电话，想起他的脸庞，想到此生再无可能见到他，眼泪竟忍不住流下来。就像这清明的雨，淅淅沥沥、清清凉凉，让人的心上飘过一阵凄冷的风。

　　给姥爷下葬那天，灵棚里飞来一只通体碧绿的蝴蝶，风吹不开，人赶不走，就那么紧紧"抱"着那方棺木。我们都觉得，那是去世三十多年的姥姥回来了，她化作蝴蝶，来寻这个陪伴自己小半生的男子了。在那个医疗条件落后的贫苦年代，姥姥带着无尽的病痛，带着对丈夫、儿女依依不舍的眷恋，溘然长逝。自此之后，姥爷再也没有续弦，他就那么孤独又寂寥地度过了自己往后的岁月。或许，他爱喝酒，也是在借酒怀人吧？他想念他的妻，也想念曾经那坎坷艰辛却又温暖恬静的日子。在他离去的那一刻，或许，他终于又可以与她团聚了……

　　斯人已逝，时光荏苒。他早已化作一抔黄土，那座墓地，如今也是草色青青。唯有那残存不多的记忆在提醒我，曾经，还有那么一个老人，疼爱过我。

旧时光里的小温暖

一日，因琐事太多，惹得我思绪烦乱，于是我便习惯性地打开手机音乐播放器，开始听歌。

当音乐随机播放到《昨日重现》时，那低沉婉转的声线，让我的心顿时安宁下来。虽然听不懂她在唱什么，但随着那声音缓缓流出，我的眼前也逐渐铺开一片金黄色。是黄昏的夕阳，铺在屋子里；是小小的野雏菊，插在白瓷瓶里；是轻柔的风，穿过厅堂，抚在我身上。太温暖了！我忍不住去看歌词。

"当我还小的时候，我爱听收音机，等着那些我喜欢的歌。当它们响起，我会跟着一起唱……"多么温馨惬意的好时光！我不禁想起小时候。

那会儿，我和爸爸妈妈住在小南湾的平房里，房子很小，只有一扇小小的窗，顶棚是用纸糊的，下雨天会"滴答滴答"漏个不停。但多数时候，小屋子都是暖意融融的，傍晚的阳光透过小窗，铺在床上、沙发上，也铺在茶几上。

茶几上放着一台老旧的录音机，那是爸爸妈妈结婚时添置的，小时候我觉得它很大、很笨重，但竟然能唱出好听的歌曲来，是唱歌人住在这里吗？

当夕阳洒落下来的时候，这台录音机上也镀满橘黄色的光。磁带转动着，录音机唱着 20 世纪 90 年代的流行歌曲《涛声依旧》。那时听不懂，只觉得曲调悦耳，唱歌人的嗓音低回缠绵，仿佛在讲述一段难忘的故事。

大衣柜的柜顶上还摆着一盆绿色的"花"，是假花，用塑料做的。长长的"枝叶"低垂下来，很美，把简陋的小屋都点缀得活泼起来。夕阳映在片片"绿叶"上，泛着橘黄的光，让人心里也生出温暖来。

那时候，爸爸妈妈还都年轻，头发乌黑。爸爸经常穿一件蓝白条纹相间的秋衣，把着我的小手，在小黑板上教我写字——"上""中""下""我""爸""妈"……然后又让我自己写，写得方正了，他就会表扬我一句："不错哟，宝贝加油！"我笑了，回头望一眼妈妈，只见她正坐在小镜子前，编着长长的麻花辫，身上穿一条白底碎花裙，眼底是浓浓的笑意。那时候，我好喜欢看她笑，她笑一下，眼波流转，灵动得很。

小时候，爸爸妈妈上班都很忙，一走一天，傍晚才会回家，白天我就跟随奶奶生活。老人家不懂什么营养搭配，往往是大人吃什么，就给我吃什么。我经常趴在奶奶家的窗户前等着，等黄昏来临，等夕阳坠落，等窗外有一片橘黄色的光笼罩大地，我就知道，爸爸妈妈来接我回家了。但又时常会觉得寂寞，就无聊地抠起了大拇指。也不知过了多久，拇指上的月牙白都变成紫红色的了。

有一天傍晚，妈妈接我回家时，看到我手指上的紫红色，焦急地问："这是怎么弄的？"

我如实回答："我自己抠的呀，就是这样的。"我用食指划着大拇指月牙白处，给妈妈演示着，那时还觉得特别好玩呢。

妈妈的语气里忽然带了一丝哭腔："你怎就玩起这么个游戏了呢……"

那时我对于妈妈的反应，完全是懵懂的。后来有一天，他们带我去看一位老中医，检查了一番，最后做出解释："缺营养了。回去给孩子多补充蔬菜、水果、鸡蛋，买瘦肉吃，不要总是吃米、面、馒头一类的主食。"

从那以后，爸爸每天下班都会给我做蒸肉吃。把瘦肉切成碎末，蒸熟，加一小点酱油、香油，撒点翠绿的小葱花，拌匀，用粉色小碗盛好，端给我。我第一次觉得，原来瘦肉也这么好吃！

再后来，每天傍晚回了家，爸爸妈妈都亲自为我做饭吃，各种好吃的饭菜轮番上阵，我感到太幸福了。没过多久，我就把抠大拇指这件事彻底忘了，指甲里的血红色也褪干净了。

　　橘黄色的夕阳，温柔地铺洒在我的书桌上，耳机里始终都在单曲循环这首歌。刚才那一缕烦乱，早已荡然无存。时光悠悠，纵然已走过近三十年的岁月，回首往事，我依旧觉得，还是与爸爸妈妈在一起的日子最温暖。

父亲与酒

从记事起我就知道，父亲很爱喝酒。他经常买一小瓶白酒，再从街边小店买点熟肉，然后回家，一边浅酌，一边就着肉片，一个人坐着，慢慢品。小时候看他喝得很香，一脸陶醉的模样，我还好奇过，也曾讨要过一小点来喝。刚一入口，一股辛辣奔涌而来，强烈刺激着我的舌苔、喉咙，呛得我眼泪直流。这哪里好喝？我从此暗下决心，再不尝试了。父亲看到我一脸狼狈又嫌弃的模样，不禁哈哈大笑："你还小，不懂这酒的滋味啊！"

父亲生在20世纪60年代，他十六岁那年，从学校报了名，跟着一群与他年龄相仿的少年去了农村，回来时，他被分配到国企，成了一名普通工人。那个年代，物资匮乏，生活条件差，场面上的工人基本都是守着微薄的工资过活的，勉强温饱。直到我考上大学，父母的收入开始支不起我的学费了，也撑不起日益上涨的生活消费。这时，父亲终于决定"破圈"，不愿继续在场上干活了，他决定深入煤矿井下，去挣银子！他对我说："丫头，你就好好学！咱家再穷，都不会让你上不起学！"我收到录取通知书的那一天，父亲照例开了一瓶白酒，喝到微醺。他说："这酒啊，是甜的。"

下井挣得多，我们家的生活，便不再像过去那样紧巴巴的了。但是，井下的工作很苦，又极危险。暗无天日的地方，干起活来都不知道时间过了几何，还得随时观察周边环境，防止因顶板掉落和机器故障而弄伤自己。终于等到交接班，他走在大巷里，冷风"嗖嗖"地从身边穿过，实在是阴冷！父亲说："这时要是有一杯酒，喝一口下去暖暖身子就好了……"

岁月不居，芳华有信。多年以后，我毕业上了班，家里的生活好了起来，父亲也不用再辛苦地工作。这些年来，他一直都保持着每天小酌一两杯的习惯。偶尔，我也会默默端起酒杯，陪着父亲喝。他聊起那段艰难岁月，我心里便涌起一股"湿润"的感觉，难受得想哭。原来，我与母亲安稳地生活，正是靠着这个男人，顶着生命危险，没日没夜挥洒着汗水，呼吸着污浊的空气，承受着极度的劳累，换来的！望着眼前这杯酒，我一口咽下，瞬间，那股子辛辣又出来了，刺激得我眼泪横流。这酒，像极了父亲那艰辛困顿的人生。

父亲喝酒时，总是先轻呷一口，含在嘴里，并不急着咽下，大约是品咂完毕后，再慢慢送入喉咙，而后发出"啊"的声音，似乎感到一阵舒爽。我也学着他喝酒的模样，慢慢品着。刚入口，带了点凉意，又带了点辛辣，轻轻咽下，喉中似乎还漫出一丝丝甘甜来。我忽然感觉，这就是生活的味道了。

曾经看到过这样一句话："经年之后，原来喝酒，喝的是一种心境。"我想，父亲爱喝酒，或许恰是在品味生活的味道，在回顾彼时的心绪。酒，是从五谷里提炼出的百味精华，是杂粮经过数天的发酵，浓缩而成的清澈透明的液体，乍一饮，不好喝，细品一番，便觉甘香绵长。我们的生活也如一杯浓醇的酒，百味杂交，先辛后甜。只要认真过好每一天，哪怕是苦涩，也终会盼来甜美的日子。

那一碗浓香的腊八粥

冬日的清晨，我被闹钟扰醒。翻看日历，赫然发现，原来今日已是腊八。我掀开窗帘，只见一抹朝霞淡淡地铺洒在天边，还将远处的山峦染得嫣红，宛如待嫁的女子一般温婉可爱。

我收拾完毕出门，闻到邻居家里传来一阵阵浓香的腊八粥的味道。这香气热腾腾的，一丝一缕，带着甜甜的味道，直直钻入我的鼻子。我绵延的思绪，不禁被勾了起来。

小时候，每到腊八节，母亲都会早早起来，在厨房里不停地忙活。

因为我要上学，她和父亲要上班，为了让我们在这个节日里吃上一口热腾腾的腊八粥，她四点左右就会起来忙活。

那时的我，总会在睡梦中被一阵阵浓香的气息唤醒。我走进厨房，只见她的腰上系着围裙，手里正不停地搅动着锅里的米粥。听见我的脚步声，她抬头望了望我，昏黄的灯光映衬着她的倦容，却掩饰不住她满眼柔和的笑意。她说："马上就快好了，吃完腊八粥，肚子里热乎乎的，去上学。"腊月的凌晨，总是透着一股寒凉，母亲说话时，嘴边都会冒出白色的雾气。不过，她温柔的话语总会让我心底涌起一阵暖意，让我无比期待那一碗甜香的腊八粥。

过了一会儿，粥熬好了。她盛了一碗给我，并嘱咐我慢点吃，小心烫着。我喜欢吃甜，经常会多加几勺糖，搅拌均匀之后，就开始吃了。

母亲做的腊八粥里，会放很多我喜欢吃的东西，有江米、花生米、红小豆、莲子、红枣、栗子、葡萄干、桂圆等食材。熬煮好的腊八粥呈现暗红色，糯糯的，色泽诱人。

我不喜欢太硬的食物，她总会把粥熬得软软烂烂的，我吃完，胃里感觉暖暖的，很舒服。于是我背起书包，走在上学的路上，也不觉得天气寒冷了。

我高三那年，由于学业紧张，总会在凌晨三四点钟爬起来，背书、做题、看笔记。

那年腊八，她照旧早早起来，先是悄悄打开我的房门看一眼，随后便步入厨房，开始做腊八粥了。

豆子、花生米、江米之类的食材都是提前泡好的，为了快些煮熟，红枣也都是提前蒸好，去了皮和核的。

做了多年的腊八粥，她早已熟能生巧。很快，一丝丝浓郁的香甜之气便散逸而出，粥做好了。我不由得放下书本，盛了一碗，那粥，依旧泛着红色的光泽，软糯如故，还飘出温暖的味道。

那一碗浓香的腊八粥，为我枯燥乏味的备考生活增添了一缕馨香。

后来，我上了大学，整整四年都没有吃到母亲做的腊八粥。

学校食堂也会为我们提供腊八粥，因为买的人太多，我排队到最后，总会望到空落落的锅底，失望之情，不言而喻。

不过，机灵的舍友姐妹总会把自己买来的腊八粥分给我吃。我很感动，浅尝一口，却总感觉学校卖的腊八粥没有母亲做的那般香甜可口。

参加工作后，因为留在父母身边，所以我很幸运地，又能吃到母亲做的腊八粥了。

再后来，我步入婚姻，有了儿子，母亲依旧会在每年的腊八节为我们送来一碗甜甜的腊八粥。儿子举着小小的勺子，小嘴吃得鼓鼓的，连连说："姥姥做的腊八粥，真好吃。"每到这时，我心里总会弥漫起一股难言的温暖。有妈妈在身边，真好。

又到了一年一度的腊八节。我知道，母亲一定还会为我做腊八粥的。那一碗浓香的腊八粥，始终萦绕在我的记忆深处，带着几许温柔，几缕甜香，温暖我的心，让我的生活变得无比温馨。

师恩似海

九月，秋雨绵绵，凉意深深。秋花烂漫，秋风送爽。丹桂飘香的季节，最容易勾起人对那些往事的回忆。教师节到了，我不由得想起那些曾经陪伴我走过花季年华的老师们。

小学时代，我印象最深刻的启蒙老师，当属贾云珍老师。

犹记得她那时扎一根马尾辫，乌黑的秀发衬着白皙的脸颊，显得格外好看。那时，她还是个年轻的教师，但对我们这些孩子们，却是真心以待。

她教我们语文课，课堂上，她将每一篇文章讲得非常细致，划分自然段，概括中心思想，检测孩子们对生字词的掌握程度，讲卷子……几乎面面俱到，而且还讲得生动有趣。毫不夸张地说，正是因为她的细致入微的讲授，我的语言概括能力才得以提升，我的生字词才能掌握得非常到位。

我从小就很腼腆，也很内向，话少，她对我却没有丝毫忽略，反而常常当着全班同学的面夸我字写得好看，这增强了我的自信心。

那时，我们都很喜欢这位温柔善良的老师，以为她可以一直陪伴我们到毕业那一刻。

谁知，后来的某一天，贾老师却没有如期出现在课堂上。我们很疑惑，不知道老师去了哪里。再后来，学校为我们换了语文老师，我们这才知道，原来，她生病了。

这一病，就是两个月。那时，对于小小的我来说，两个月太漫长了。新的代课老师自然是不会用心为我们讲课，我只能按着贾老师教我的方法，自己分析、归纳课文，自己去学习生字词汇。那时，我一度以为，当老师病好，就会重新出现在我们面前，继续教我们知识。

在学期末尾的时候，贾老师终于出现了。但她这次回来，却是来与我们道别的。她看上去状态不大好，带着些憔悴与疲惫，不复从前那般神采奕奕。她失落地对我们说："孩子们，对不起了，老师下学期不教你们了。"

一瞬间，我们的泪水喷涌而出。那时小小的我们，也只不过十岁左右呀，对这突如其来的离别都是万般不适应，想到未来的日子再没有这位温柔可亲的老师陪伴，如何能不伤心难过呢？

贾老师郑重地与我们告了别。当她跨出教室门的那一刻，整个班级忽然间沸腾了，同学们再也忍不住，全部放声大哭起来。那时，对于小小的我们来说，似乎唯有哭泣，唯有眼泪，才能释放这突如其来的离别的痛……

在那个讯息落后的年代，一旦告别，就是在往后的日子里再无交集。小学启蒙时代的贾老师，就这样匆匆与我别过。后来，在我漫长的学生时代里，再也没有经历过如此情真意切、泪水弥漫的师生告别。

大约在六年前，我去植物园散步，出乎意料地，再一次遇见了贾老师。那一瞬间，我的心情无以言表。这么多年过去了，我早已从那个稚嫩懵懂的孩童，变成稳重成熟的大人，她也变老了，不复曾经那般芳华。

也许生命就是一个圆，我们从过去那个时间点分别，将来又会在某一刻重逢，继续抒写曾经那份情缘。知道她如今一切安好，还住在我的城，而且就在距离我不远处，继续扎根教坛，我心里非常开心。

初中时代，我印象最深刻的一位老师，当属补习时教数学的昝瑞老师。他实属是我遇见的最标新立异、与众不同的老师了。

他习惯用大同方言讲课，那粗犷浑厚、豪放不羁的语调，让每一位学生都不敢有昏然欲睡的感觉。他是个烟瘾极重的人，经常喜欢一边训人，一边奋力地抽着烟。一堂课下来，讲桌上那一盏专属于他的烟灰缸总是堆放着满满的烟蒂。

但他的确是一位对数学极有研究，且经验丰富的教师。他精通数理化三科，编写过好几本教材，每本书都讲解得非常详尽，如果你看过他写的这些教材，即使你的数理化学得一团糟，你都可以考到接近满分，甚至是满分的程度。

这样一位才华满腹、教学经验近乎满级的教师，有时在他的言语里，我还是会感觉到他那偶尔流露出的郁郁不得志的惆怅之情。其实，以他的本事，完全可以拥有更辉煌的人生，但，如今只能屈居于这小小的学校，担任一名无人知晓的数学教师。

不知如今的他，是否已经培育出非常多的优秀人才呢？也不知他如今是否平步青云，如愿以偿得以高升了呢？不管怎样，我希望他一切安好。

高中年代，我最喜欢的老师就是教数学的朱凤平老师，还有教语文的于亚春老师了。

朱老师是个极其有耐心的人。高中三年，因为数学知识点最多，因此所有的老师里面当属他最为繁忙。对于我们这些数学不太好的文科生来说，他应该是最耗心力的一位老师了。

那时，我经常跑去他的办公室，求教他一些令我疑惑的问题，他总是耐心又细致地为我解答，一遍不懂讲两遍，两遍不懂那就继续重复，直到我弄明白为止。他讲题非常详细，在他的课堂上，我曾记录下六七本数学笔记，且每一道题都有至少两种解题思路。

因为他的耐心授课，资质平凡的我，在后来的高考中，数学成绩虽没有特别好，但也没低至离谱。我能够在这样一所普通的高中，考过二本线，其实，60%的功劳，都要归功于他。

毕业时，他曾为我们写下一番寄语，至今都被我铭刻在心：生命是一艘航船，理想是动力，勤奋是帆，你是舵手。愿大家将来在人生的旅程中，驶向梦想的彼岸。

我很感谢朱老师这番话语，对于如今我的梦想，也是一种激励。无论做任何事，只要有了目标，再不断地学习与付出，就一定会取得一番优异成绩。

于老师是点亮我文学梦的一位老师。

那时，她讲的课生动有趣，富含诗情画意，那些名人、作家、诗人的人生经历都深深吸引着我；那些唯美馨香的诗词，都让我万分欣喜；那些深邃悲壮的作品，都强烈叩击着我的心灵。

因为她的课，我从此爱上了文学，甚至还影响到我高考志愿的填报。于亚春老师是我文学梦的第一位引路人，她的课，也是使我的文学梦被点燃的第一缕星星之火。

她给我们的毕业寄语是：只去耕耘，不问收获。顺时淡然，逆时泰然，天道酬勤。

这一番平心静气的劝慰，亦在鼓舞着我，在人生的道路上，不以物喜、不以己悲。持续在一个领域深耕，一定会有所收获。

我很怀念她的课堂，后来在大学毕业实习的时候，我再一次找到她，想让她做我的实习指导老师，她非常爽快地同意了。

只是如今，我最终没能走上与她相同的道路，也没能与她成为同事。有时候想起来，我的心底，还是会有一丝淡淡的失落。我只愿，她一切都好。

大学时代，我遇见的优秀教师，就如过江之鲫，其中，令我印象最深刻的，就是教授现当代文学史的刘殿祥老师。

刘殿祥老师是北师大毕业的博士，他主要研究的是鲁迅先生的作品及他的人生经历。

他也习惯用方言讲课，且从来不带课本与教具。他所有的知识都隐藏在他的脑海里，他读过无数本书籍，书中那些思想精髓都化作他的骨血，并且揉进他独到的见解。

他上课时，那一方小小的三尺讲台就成了他施展满腹经纶的战场。他的课，讲得激情澎湃，一篇篇伟大的作品，在他活力四射的讲述中犹如散发着万道金光，将我们的心照得玲珑通透。

听他讲课，宛如在细品一幅悠远绵长的历史画卷，那些名人逸事，那些动人心弦的故事，那些精妙绝伦的作品，在我们的脑海中慢慢勾勒而出。

他的课好像有一种神奇的魔力，常常会引人入胜，令人欲罢不能。

后来，这门课程结束了，我们班有不少同学直接选择了这门课的考研方向，继续深耕。大家都被这位文化底蕴深厚、知识渊博、博闻强识的老师深深折服。

他是令我仰止的一座高山，他专注学术研究的精神深深感染着我。此生，能被这样一位老师影响到，实属是我人生一大幸事。

曾经教过我的那些老师们，他们或有着温柔细致的耐心，或有着丰富多彩的文化底蕴，或有着认真钻研的学术精神。他们身上那无限闪耀的人格魅力，都深深影响着我。能够成为他们的学生，是我此生荣幸之事。

大学毕业后的第一年，我进入一所中学，担任了一年的语文教师。

那一年，我像曾经那些教过我的老师一样，也认真教授我的学生。我的老师教会我的那些学习方法，我也向我的学生和盘托出、倾囊相授。

那一年，我真正感受到我的老师们所经历的悲喜与欢乐。虽然在教授课程的过程中有艰难，亦有崩溃，还有一些令人心情沮丧的凡俗杂事，但更多的是学生待老师的那一颗尊重、真纯的心，还有收获满满的喜悦！

那一年，我真正理解了我的老师们的心路历程，更是对他们无比敬佩。

如今，我早已离开那所学校，从事一份与专业完全无关的工作，也成了家，有了自己的孩子。

当我的孩子走进幼儿园，我看到孩子的老师每日里忙忙碌碌，或陪伴孩子们剪纸，或带领孩子们一起做操，或讲故事、做手工、上音乐课、哄睡觉，我都能感觉到她们的劳累与艰辛。

于是在教师节前夕，我为儿子那些温柔可爱善良的老师们做了一些小蛋糕，以此感激她们对孩子无微不至的照顾。小蛋糕做得不好看，但足以承载我对她们的感激与崇敬。

师恩似海。老师，是人类"灵魂"的铸造师。他们耕耘教坛数载，为祖国培养了一批又一批优秀的人才，历史，不会忘记他们的功勋。我们每个人，也不会忘记老师们的教导。

祝愿天下所有的教师，都能事事顺心、健康快乐！

我童年的梦

初秋的傍晚，夕阳染红了半个天空，柳树枝条拖着长长的辫子，随风飘荡着。

我带着孩子，陪父母出去吃饭时，竟遇见儿时的玩伴端端哥哥。将近三十年过去了，我们竟在这小店里第一次重逢。他还是我模糊记忆里的模样，只是，曾经那调皮捣蛋的小男孩也终是变成了成熟稳重的模样，眉宇间还多了几分沧桑。一瞬间，我层层密密的思绪被勾了起来……

小时候，我们一家随爷爷奶奶一起住在小南湾。那时的人们，皆住在一排排低矮的小平房中。我的奶奶与端端哥哥的奶奶是前后排的邻居，我小时候称呼她为"许奶奶"。平日里，她们非常要好。

20世纪六七十年代，那时候医疗水平不高，很多人家生孩子，都是请医生到家里去接生，我的奶奶与许奶奶是一对非常得力的搭档，经常去别人家里帮着忙前忙后。不只是生孩子，别家的婚丧嫁娶，但凡需要帮忙的，总少不了她俩忙碌的身影。甚至在有了我以后的四五年，她们俩还一起支起一个羊杂摊，每天清晨都为上学的小孩子们做早餐。

那时的我，因为父母早早去上班，就被送去奶奶跟前。每天清早，我都跟着她们俩一起去羊杂摊上待着，看着那一个个大哥哥、大姐姐吃饱后背着书包走进学校。那时的我，完全不懂她们二人为何会让自己如此繁忙、如此累。

如今想来，当年那些小朋友们，因为父母都在煤矿上班，早上都是没人给做饭的，让孩子们空着肚子去上学，多可怜呀。两位奶奶都是心地善良的女人，二人一合计，支个早餐摊吧，解决家长们的燃眉之急，都是街里街坊的，就当相互帮忙了吧。而且她们收费并不贵，那时，一碗满满的羊杂，也才五毛钱。

不仅是这些往事，那时，她们经常相互串门，相互帮忙，一起玩牌，一起聊天，一起分享刚出锅的热乎饭菜……两位老人就这样在漫长的时光里一路相依相伴，相互扶持，在这充满琐碎烟火的岁月里，彼此温暖相守着，熬过了最苦最难的日子。

后来的某一天，我的爷爷、奶奶，还有许奶奶，在儿女的帮助下，又重新聚在一起。三位耄耋老人一相遇，便是泪眼滂沱。是呀，那些年的风雨，都是他们一路相伴；那些年的欢笑，也都是他们一起经历！这世间，还有什么，是比他们这样经历了几十年风霜雨雪的感情更珍贵的呢？他们想到自己如今的年岁，三人此时相聚，但不知下次再相遇又是何时呢？活过一辈子，生死皆已看透，唯独这份深厚的邻里情难以放下。触景生情，自然会泣涕零如雨……

因为他们的情谊，自然地，我与许奶奶的孙子端端哥哥也玩得很好。小时候，我经常跟在他的屁股后面，玩捉迷藏、老鹰抓小鸡，还有抓石子、抓蚂蚱、骑童车、玩弹珠、搭灶火、烧土豆。隔壁老爷爷养了几只羊，我们还一起喂羊，一起调皮地薅人家的羊毛。

那时候，我俩的衣服与鞋子都买得一模一样。我听母亲讲起我当年的一件趣事，有一回，我在许奶奶家看见一双鞋，跟我的一样，我便以为是自己的，于是拿起那鞋，跑回家了。回去后，看见自己那双鞋还在，又飞奔过去，给人家把鞋放回去了。母亲讲的时候，其实我是没有任何印象的，那时实在是太小了，脑海里只模糊得剩下残影，但听过之后，我还是笑得合不拢嘴。原来我的童年，还有这么好玩的往事呀。

那时，端端哥哥不仅带着我到处玩，四处跑，还特别维护我这个小妹妹。有小孩儿推搡我，他会第一时间护在我身前，抓住那人的衣服，嘴里大声威胁着："你不许欺负我妹妹！你再试试？"那时的我，非常庆幸有这样一位年龄相仿的哥哥，一直护着我。让幼时的我，不再孤单，也不再害怕。端端哥哥给我的童年带来非常多温馨美好的回忆，还有无尽的安全感。那时的日子单纯又快乐，仿佛永远不知离别为何物。

再后来的某一天，端端哥哥随父母搬家了。这一走，竟是在我懵懂的童年里，彻底消失了……

我早已记不清幼时的我，在他们搬走之后是否哭闹不停，也记不清我是否依旧习惯性地往许奶奶家里跑。曾经那些美好的记忆，皆被某种力量封存起来。渐渐地，随着我慢慢长大，他也就彻底消失在我的记忆里了。

时隔近三十年，就是这样一个秋风凉爽的傍晚，就是这样一家小小的门店，兜兜转转，竟然让我们重逢了！我忽地想起曾经看到过的一句话——世间所有相遇，都是久别重逢。缘分，真是一个奇妙的东西，它竟然可以让消失无踪的人，在多年后的某个特定时间点、某个特定的地方，再次与你相遇。那些被封存起来的记忆，仿佛一朵早已枯败凋零的花儿，再一次被时光之水唤醒。这不期而遇的时刻，竟令我欢喜异常。

如今的小南湾，早已人去楼空、房屋坍塌。纵然那里的人全部搬离，从此再无人间烟火气，但那些可爱的人呀，依然给我的童年带来最唯美、最纯真的回忆，他们，依旧会时常萦绕在我的梦中。

后记

写这篇文章之前，对于再次遇见端端哥哥这件事，我的脑子还是懵的，只有零星残碎的记忆片段。但我还是下笔了。

随着文字在笔尖流淌，那些童年的记忆，仿佛渐渐明晰起来，我们一起玩过什么游戏，一起经历过哪些故事，都自然而然地浮现在我的脑海里。

甚至我还记起来，当年端端哥哥一家搬走以后，我在家里哭得昏天黑地，好像哭了整整一天吧，再后来是不是就短暂性失忆了？以后就是对他没有任何印象。

也许，这是人的大脑对人的一种保护。将记忆封存起来，让我幼小的心灵蒙上一层厚厚的保护膜，只待某一天，到我长大成熟的时候释放出来。

旧时光里那些零落的记忆，是岁月里一丛摇曳生姿的花儿，有时，它们会被光阴蒙上一层薄薄的纱雾，也会被我们遗落在岁月的烟尘里，但终有一天，会在一个特定的时刻里重新出现在我们眼前。时光荏苒，它们依然是旧时那般光华的模样。

这，也是写文字的魅力所在，它会慢慢勾起我们心底那些被暂存起来的记忆，让这童年的梦再次闪烁起来，点亮我们的生命。

藏在贺卡里的青涩时光

整理柜子时，我翻出一沓泛黄的纸片。一时间很好奇，一页页展开，原来是童年时我收到的来自小伙伴们的贺卡。

卡片都是自制的，纸张很普通，是从当年的作业本上撕下来的，上面写满稚嫩的祝福语，还勾勒着无数朵五彩缤纷的小花儿。我的思绪，不禁飘进过往尘烟之中……

童年的我，是在矿上读的小学。每到新年前夕，学校里就会掀起一阵送祝福、赠贺卡的热潮。

学校小卖铺里也会售卖漂亮的硬纸贺卡，花红柳绿的，上面还绘有无数可爱的卡通图案。有些贺卡翻开时，还会响起一阵悦耳的音乐。

不过，这类贺卡都比较贵，当时一起读书的小伙伴们，手里都只有家长给的几毛零花钱，自然是买不起这样"豪华"的贺卡的。

但是新年了，大家都在送祝福，我们也不能落于人后呀。这时有人提议，我们自己亲手做吧？这个想法很快得到大家的一致响应，于是，小伙伴们便迅速行动起来了。

我轻轻撕下一张作业纸，那纸上还幽幽散逸着清雅的油墨香气。然后沿着短边对折，再翻开时，就是一份贺卡的雏形了。

我拿起水彩笔，随心所欲地画着自己想要的图案，红的花，绿的草，闪亮的星，橘黄的太阳，红艳艳的国旗，温暖的小房子……

有些事物，被我画得歪歪扭扭、弯曲不堪，但那一笔一画中，流露出的是我童年的烂漫天真；那一草一木里，隐藏着的是我幼时那颗纯洁无瑕的心。

画完想要的图案，我又拿起钢笔，在贺卡扉页上写下"新年快乐"字样，翻开内页，又写下与扉页不同的祝福语，比如"祝你学习进步""心想事成""万事如意"……虽然字体歪歪斜斜，结构松散，但每一个文字都裹藏着儿时清澈玲珑的友谊。

贺卡做好了，第二天上学时，大家就会相互赠送，彼此道谢，交换的过程中，每个小孩儿脸上都是期待又喜悦的神情。

我轻轻翻动着泛黄的纸笺，一页一页看过去，不由得感慨万千。

二十年弹指一瞬，恍如白驹过隙。时光一直在催我们长大，很多往事都遗落在岁月的风尘里。这些无意间翻出的贺卡见证着我们单纯美好的青葱岁月，也记录下无数值得怀念的永恒瞬间。

我们曾经一起漂流在光阴的河上，共渡一船，同划一桨，行至云深雾浓之时便悄然离散。经年之后，那些遗落在过往岁月中的花瓣，又会在某个不起眼的时刻悄悄浮现在我们眼前，璀璨了记忆，染香了流年。

如今，童年里那些可爱的人儿早已不见了踪影，但我们曾经一起走过的纯真岁月，却在我的记忆里生了花儿，花开灿烂，清悠弥香，永远都不会凋零。

感谢你赐予我一场空欢喜

（一）

或许人都是这样，爱的时候，一颗心千回百转，思思念念萦绕心头，信了所有死生契阔的誓言和命中注定的传说。若不爱了，那便是真的末路了，泪眼婆娑里那渐行渐远的身影会瞬时让人觉得，之前所有的甜腻、所有的暧昧、所有的多情，全都成了一场年少轻狂的笑话。

如若相爱，便相濡以沫，彼此呵护包容；如若错过，便祝对方安好，静待下一站幸福。这个道理人人都懂，可真正做到的却少之又少。人总以为往后的路途中还会遇见更好、更合适的那个，殊不知掌中紧握的，就已然是最美、最值得珍惜的风景。

缘的路，一旦走到尽头，就真的无可挽回了，唯有在落寞中独自吞咽下苦楚，再带着微笑的面具，明媚的笑容，期盼另一朵爱之花的盛开。

于千万人中，我遇见了你，是多么幸运；而于千万年间，我不小心错过了你，又是多么遗憾。至此，我便开始逼自己，学着承受缘起缘灭的宿命。

有些事，可遇不可求，思绪纠缠太深了，就如线团般越扯越乱，执念也会越来越深。把目光投向更远、更广阔的天地间吧，把心灵从羁笼里释放出来，我想我会看到，这世界的另一处光明。

（二）

我不知你读到这里时到底有何感想，是会不屑，还是会毫不在意，还是会有那么一丝动容，抑或还会有点不可思议？之前的我，从不屑于将自己的自尊踩在脚下，因为那是我生存的底线，是我心的最后一块基石。可如今呢，我心里流转过千言万语，左思右想，还是决定提笔，对你说一些心里话。

我说过，我不会在感情问题上再与你纠缠。可是人活一世，总要学会面对。心底那些惆怅，不能因为理不清就刻意忽略。有些事，越是想，就越是缠绕心绪，所以有必要吐露出来。

闲时，我又翻出以前的聊天记录看了一遍，从最初的相识，到某天的无意畅谈，到不知不觉间的暧昧，到后来你字里行间的暗示，到短暂的甜腻，再到最后的陌路，我恍然觉得，与你的相识相知就如一场梦，就像我一直以来所期盼的那场关于遇见的梦一样。因现实而相识，因文字而相知，我一直以为，我终是在茫茫人海中寻到那个与我有心灵契合点的人。

也不知你是否记得，我们最初相见的那一幕？槐花树下，公交站旁，你一袭白衣，就那样伫立于熙熙攘攘的街头。没有打电话，也没有用QQ联系，不远处的距离，我一眼认出你，笑着朝你招手。这一幕，一直都映在我的脑海里。也不知你是否记得，在忆果时光的点滴？我低头啜饮着那杯奶茶，在抬眸的一瞬间，我似乎看到你眼中一闪而过的笑意——也许那真的是我眼花了吧。

或许，在不久的将来，当你我都遇见生命中的那个人的时候，这美好的一瞬间终会被逐渐淡化……不要说这些没有意义，我珍惜每一份路过我心田的缘，我就是害怕它们会抵不过流年的侵蚀，会逃不脱世俗的繁杂，会渐渐地淡若水痕，所以才想用文字记录下来。经年之后，或许你还会在某个夕影映照的瞬间，偶尔想起我。如若真有那时，你应该也会不由自主地漾起微笑吧——原来，也曾有那样一个单纯的姑娘，路过你的生命。

（三）

我翻看那晚你我决裂的记录，依稀感觉到你我内心深处的不安定感。你说讨厌一个姑娘对着你哭，这样你会有很大的压力；你说我要的爱情太过理想化，你做不到；你说，是我们当初太冲动……

最初的最初，我听到你说这些话时心里有些难过，像是被掏了一个大洞，冷飕飕的风直往里灌。我只是不想就这么放弃这段感情，这薄薄脆脆的情愫太过柔弱，禁不起一丝一毫的言语考验，或许从一开始，我们就不该戳破这淡淡的若有若无的情愫。一段感情，没有开始，就无所谓结束，我不怪任何人，我只怪这"情缘"来得太突然，怪我自己太敏感，太不会呵护它。

我是个缺乏安全感的女孩，一直在孤独中成长，不太擅与异性相处。其实我想要的，并不是多么理想化、多么美好的爱情，我只是希望，在那个人的心里占据一个小小的席位，他在某个闲暇的空档，给我发来一句话，一句问候，一句简简单单的安慰就好。诚如我那日给你唱的《左右》一样："一句话或问候，嘴角上的笑容，就足够我下次漂流。"我要的其实很简单，那就是彼此相惜相依，一路陪伴，一同走过以后的路。我落泪时那个人即便不说任何话，只是默默相拥，也足以温暖我的心。

你怪我以大哭与你"抗争"，其实不然。我只是，在我信任的人面前露出脆弱的一面。与生俱来的多愁善感极易令我胡思乱想，你回得慢了，我会以为你讨厌我，不愿和我说话……但我知事实并不是如此，可是，我这一举动却已然让你厌烦、退却。是我太过敏感，以至于让你太有压力……

我知道，如今我们早已形同陌路，说了又有什么用？我也明白，日后的我，一定一定不能再这样敏感下去，这是我的不足。谢谢你，让我终于认识到这一点；对不起，因为我的敏感，给你带来了困扰和压力。我只愿，你能寻到真正令你感到安心、感到快乐的女孩。

我说这些，只是想将一些积压在心里的话释放出来而已。我不想让这无疾而终的薄薄情愫被时光湮灭，被岁月的烟尘葬送得无声无息。不为其他，只是纪念。即便是这段短暂的"情"，也让我学会了如何克服敏感的心绪，让我学会如何去体谅未来那个他。谢谢你。谢谢你，赐予我这样一场唯美而易碎的梦，还有梦里的空欢喜。

　　这仅是些零零碎碎的小思绪，我知道我们已然不可能，我也知道你不再留恋这朦胧的情愫，但我还是忍不住想要说出来，说出这个短暂而又美好的梦。

（四）

　　或许是因为这不得不割舍的过程中无法避免的感伤吧，我最近总是心神不宁，空闲的档里，心里总是有一种化不开的惆怅，眉间亦不知不觉地锁着忧思。心，仿佛被堵得严严实实。我好想，痛痛快快地醉一回，或者找个不相干的人倾诉一番。明知再也没有希望，可我却偏偏无法自拔，不由自主地念起那些细碎往事。我自以为那逝去的短短一瞬，不足以令我怀念……

　　忽而又想起你写过的那首诗了：

朦朦胧胧里

花开了又谢了

恍恍惚惚间

你来了又走了

寻寻觅觅中

梦醒了天亮了

期期艾艾时

人变了心痛了

我膜拜了一世

求得这一场相识

却在彼此的过错里

让一切错过了

犹记得自己曾为这样一篇文字写过这几句话："恍恍惚惚的时间里，就这样相逢了，然而却只是一瞬，那人便错身而过。虽说遇见已是最美，但，擦肩而过岂不是粉碎了这短暂的幸福？"如今看来，仿佛一语成谶，竟与我们的故事如此相似……

原来思念是会在不知不觉间上瘾的，不管这思念是浅是淡还是深，也不管曾经有过的幸福是甜是短还是长，都是那么让人割舍不下。有些事，愈是纠缠就愈是留恋，多可怕的现实！我知道，缘之一事，只可遇，不可说，不可求，唯愿时光能抚平这难解的惆怅，过去回不去，未来还未来，不到最后，谁又能笃定，下个路口我们不会遇见另一朵花开？

（五）

思绪凝然，窗外翠绿的柳树枝条依旧随风摇曳。你来的时候，风很柔，也很暖；如今你走了，我仍然相信，前路的阳光，依旧很明媚。

愿你我都能寻到对的人。那个人无论如何都不言放弃，也不会离开。如此，望君安。

云淡雾轻，我好喜欢你

（一）

月亮爬上来了。

她白莹莹、孤零零地，悬在暗蓝色的天空里。

原本完完整整的玉盘，如今倒像是被人从中间切了一刀，直愣愣地被撇去另一半圆。

星星也都隐匿了，许是不忍看到半边月的孤寂，都悄悄藏起来，睡觉去了。月的周围，隐隐地，只有几缕轻云，静静环绕着，飘浮着，似是抚慰月的孤寂。

我独自一人，彳亍于熙熙攘攘的街头。看车流驶过，看霓虹繁华，看人烟阜盛。耳畔，充盈着欢闹又嘈杂的人声。

你知道吗？你在我身边的时候，我几乎只顾自己心中的小欢愉，忽略了周围人的存在，仿佛这世界只剩我与你一般，他人的喧闹声我根本没有注意过。如今，徒留我一人，恍然觉得，这声音，此刻对我来说有一点点刺耳了。

原来呀，这烟火凡尘，只有和某个特殊的人在一起，才能体会到真正的味道。

我慢慢走上天桥。抬眼，依旧是那半轮孤寂的月；俯首，是依旧繁华阜盛的车水马龙。一半孤独，一半喧闹。恰似我此刻的心，一半甜蜜，一半忧伤。

你瞧，我又在胡思乱想了。不过我知道，我的小情绪，一定会被你看在眼里，并且，你会偷偷微笑。

（二）

我又梦到你了。

睁开双眼，只见窗外月明星稀，如瀑的月光倾泻在地。

自从遇见你的那天起，你的身影、你的样貌、你的声音，你的一切的一切，都徘徊在我的念想里。

醒着、梦着，时时都是你；坐着、站着，处处皆是君。

你就这样，霸道又牢固地占据着我小小的心。

爱情是不是一种令人无法自拔的迷魂汤呢？要不然我怎会被你蛊惑得几乎忘了所有呢？和你在一起的时光，我总觉得过得飞快，哪怕是相对无言，也觉得好幸福。而与你分别的时刻，我总是依依不舍，像极了从一场酣梦中乍醒，却又舍不得醒来的那个时候。

我喜欢你亲手为我剥开核桃和夏威夷果，然后喂给我吃的感觉，除了唇齿间的香甜，更多的是心里的温暖和甜蜜。

我喜欢你从背后抱着我的感觉，那一瞬间，我仿佛跌入一个暖到入骨的摇篮，安全又温暖，满满的宠爱包围着我。你灼热的呼吸触碰着我的颈窝，令我的心，也不住地酥酥痒痒地颤抖。

我还喜欢冬天里你为我暖手的感觉。因为干活儿而磨出的茧子丝毫不影响掌中的温暖，被你握着双手的我，就好像一个被捧上天的公主。

我亦喜欢看着你酣然入眠，抑或大快朵颐。你吃饭、睡觉的样子我都好喜欢好喜欢，看着你，我不由自主就开始痴痴傻笑。

忽然觉得，我好没出息呀！

怎么能喜欢一个人到如此地步呢？

天知道我中了什么邪。

中邪了吗？我也甘之如饴。

（三）

城市的绚烂霓虹在暗夜里闪烁，窗外的烟火声此起彼伏，又到了一年一度的中秋。

这是一个收获满满的时节，也是阖家团圆的日子。

然而，我每一低眉的瞬间，每一呼吸的刹那，都会不由自主地想念你。

云儿依偎着如玉满月，月儿亦温柔地笑看云朵在"她"面前穿梭。

今晚的月亮一定很开心吧？"她"被飘舞的云儿迷住，像喝醉了酒似的，开始微醺了。

我好喜欢这轮明月啊。"她"看透人世间风云变幻，却依旧如此玲珑剔透，如此洁白无瑕。你知道吗？我也想像月儿一样，知世故而不世故呀。

月亮是幸福的，此刻千家万户都在为"她"摆供，"她"也一定收到了数不清的祝福。我默默祈祷着，希望美丽的月儿采下一缕福气，赠予你。

（四）

我又在想你了呢。

下午我送你去车站，明媚的日光，洒在你愁眉不展的额头。

我伸手轻抚，柔柔地安慰道："不要愁嘛……"就像猫咪一样地撒娇。

然后呢，我就看到，你眼眸中涌起的笑意。

你知道吗？看到你难过，我便比你还难过；直到你开心，我才能开心。

我不曾见识过你那里的工作环境，也不知那里是怎样的艰苦与恶劣，仅仅是听人说起，就已毛骨悚然、愁肠百结。

所以每当你上班去，我就会不由自主地忧心和牵念。我双手合十，轻轻闭上双眼，默默在心中祈祷。愿你——我亲爱的你，我爱的人，一生平安，顺顺利利。

你知道吗？只要你好，只要你平安，我便开心；你若不小心受伤，我便忍不住流泪。我只要你好。

我想，我是懂你的辛苦与不易的。人说，两个人之间，唯有彼此懂得各自的艰辛与痛苦，他们的感情才会长长久久。

想起你肩上的重任，又想起你为了我们的未来努力拼搏的样子，我的心便微微作痛，仿若被剜离一般。

我真的想，与你一同承受这世间的苦难。我想陪着你，熬过所有的艰辛与不堪。雾霭流岚，风霜雨雪，我都想陪你走过。

（五）

同学结婚了。

她是真的嫁给了爱情。

婚礼的每一个环节，映在我眼中，不知不觉就与我的想念重叠，被我幻想成你和我。

看到她心爱的人背着她，闯过那一排欢笑着、取闹着的好友的阻拦，把她背进了他们的小家，我不禁莞尔。到那时，你也会这样背着我，闯进属于我们的小家，然后我们就会相爱、相互包容，一起过我们的小日子吧？

看到她心爱的人打横抱起她，将她轻放在地，看她脸上露出温柔又欣喜的神色，我亦不禁莞尔。多像我和你呀。被你"公主抱"的那一瞬，我心里甜得像是涂了蜜一般，羞涩地将脸颊埋在你的胸口，聆听你稳健又略带急促的心跳。

看到她心爱的人为她唱着深情的歌儿，一步步朝她走来，我当时感动得差点儿流泪。我想，此刻如果是你我站在台上，我一定会激动得快要傻掉，直愣愣望着你，周围所有的喧嚣统统隐匿，世界只剩下你我。

我从来未想过成家，直到遇见你。我是个俗气至顶的人，见山是山，见海是海，唯独见了你，云海开始翻腾，江潮开始澎湃，昆虫的小触须挠着全世界的痒。你无须开口，我和天地万物便统统奔向你。只要有你在的地方，就是我的家。

我想着，我们的家不需要多大，有你，有我，有软软的床和沙发，有个小书柜、小厨房，然后养两盆绿色植物、一只猫咪就好。你靠在沙发上打游戏，我就窝在一角看书，或逗猫。你劳累了一天躺在床上，我就倚靠在你旁边，给你讲故事。我会洗手做羹汤，听锅碗瓢盆叮叮当当地响，慢慢学着熬煮好吃的饭菜，看暖暖的阳光铺泄在地，在烟火人生里品尝爱的滋味。

（六）

空闲的时光里，我又开始想念你了。

时针"嘀嘀嗒嗒"，思慕绵延不绝。

我想起你那日认真为我做饭的样子了。

买菜、洗菜、切菜、炒菜，虽然火候没有掌握好，可你还是认认真真地为我做了出来。密密的汗水淋漓而下，我轻轻为你擦拭掉，感动又开心。爱意在烟火里弥漫，灯光在温暖的厨房里柔柔地散出，我情不自禁轻吻上你的脸庞。心里，一朵柔嫩的小花儿缓缓绽开……

其实我不是什么文艺小青年，憧憬浪漫又唯美的爱情梦幻，我就是一个平凡、单纯又带点儿俗气的姑娘。

我就喜欢那种贴着地气儿的俗、带着烟火味儿的俗。

一勺米，半锅水，"咕嘟咕嘟"地熬煮着，再加入一小块儿南瓜，几粒红枣，就这样慢慢熬着，看热气氤氲，听米粥翻腾，待粥熟后，亲手为你盛上，看你喝得干干净净，我就好开心、好开心。

这岁月说长不长，说短也不短，悠悠时光里，若能与你——我的如意郎君执手相伴，将真心熬煮，烹出爱的美妙配方，那便是我最幸福的心愿。

（七）

窗外，风雪簌簌。

我们的小城，一向都是与众不同，本是人间四月芳菲日，眼下却是风雪弥漫，从早到晚，簌簌地下个不停，仿佛要把积攒了一个冬天的雪，全部补回来似的。

我又在牵挂你了呢。

望着漫天飞舞的雪花，我无心欣赏，心里止不住地担心你。雪路难行，你夜班的路上遭遇堵车，一连串的汽车顺次排后，一眼望不到头。你接到电话，单位让你们下车步行……路漫漫，积雪那样厚，车行过的地方又都是融化了的雪水，泥泞不堪，你的鞋袜是否早已湿透？分别之时，你执意将伞递到我手中，如今风雪这样大，雪花落在人肩上又很快融化为水，你的棉衣是否也早已被打湿？曾经，我一直在期盼一场雪，能够与你一同踏雪，不知不觉间就白了头。然而现在的我，骤然换了心境，无心赏雪，只一心盼着雪快快停。我双手合十，对着漫天飘舞的雪花，轻诉心中夙念……

我看过无数场雪，而这次下雪，于我而言最特殊，因为，每一朵雪花里都蕴藏着我对你诉不尽的惦念……

（八）

我不知道别人的爱情之路是否也如我们这般艰辛。此刻，我只感觉到，我心里一阵一阵的钝痛。婚期遥遥不知，心如飞絮、身似飘萍。每当我被人问起你我何时才可修成正果，我的心总会被狠狠地揪住，钝痛慢慢延伸。我不知道如何回答，只得微笑着回道："我也不清楚呢。"时光越远，我的爱与思念便也愈发地深刻，慢慢地，你竟成为我心底最不可剜除的朱砂痣，不可触，不可轻碰，否则便痛不欲生。

有药可解吗？也许有呢。那就是，真的有了在一起的希望啊。

（九）

夜已深。窗外，夜间行驶车辆的鸣笛声，依旧络绎不绝地涌入我的耳中。

亲爱的，你知道吗？刚刚，我又不知不觉点进淘宝，搜寻我的嫁衣了。

一切，都在我的潜意识里进行着，当我恍然惊醒，才发觉，购物车里已添加了许多。

原来，我已经如此迫切地想要永远和你在一起了吗？

有人说，唯有当你真正爱上一个人的时候，才会在脑海里，与他/她走完一生。

一载光阴，飞梭似箭。偶尔，我也会怀疑我们之间的这段感情，我不知道我会坚持到何时，不知道我们会不会在一起走下去……

但我从来都不怀疑我的爱。

睡不着，我点开抖音。

第一个看到的便是我的一个初中同学大婚的视频。

我挨个儿点进去，每一个短短的视频都记录着他与他的妻子幸福甜蜜的瞬间，那种快乐，隔着屏幕都能溢出来。

我忽然感到好羡慕，还有一丝丝小小的嫉妒。

为何别人那么相爱，就可以永永远远、快快乐乐地生活在一起，而我们也是那般痴缠爱恋，情路却如此坎坷呢？

心里酸酸的，好难受，眼泪，又忍不住沁出来了。

哎……

就让我把千言万语汇成一声叹息吧。

此刻，没有别的言语可以描述我的心。

（十）

不知不觉中，我们结婚的事宜被提上日程。订婚、买戒指、筹备婚礼、选婚纱、拍婚纱照、婚宴典礼，一直到你带着我进入属于我们的家……一切，宛如一场梦一般。我有些紧张，有些讶然，亦有些懵，我们居然真的在一起了。望着眼前朝思暮想的你，我欢喜又雀跃，我喜欢为你烹饪的每一寸时光，也喜欢每一个与你牵手相伴的瞬间。暖意汨汨而流，就这样，在期待与愉悦中我们有了属于我们的宝宝。

现在想来，未嫁之时的忐忑，十月怀胎之时的艰辛与幸福，还有生产宫缩时的痛苦，产后恢复阶段的各种难受……这些于我而言，就如一场梦。然而我明白，这些都是我们实实在在经历过的生活，它无法消失，还会永远保存在我的记忆里。尽管，我们的生活变得稀松平常，但，只要记得这份融入骨子里的爱，生活的摩擦总会过去，到那时，我们会越来越默契。现在我怀里这个可爱的小生命，就是我们爱情的结晶，他的存在，就是我们相爱的最好证明，也是我们在这世上唯一的联系。你也会和我一起，陪他慢慢成长。我们一起为他建立规律作息，为他制作好吃的辅食，一起教他就餐礼仪，一起陪伴他快乐地玩耍、愉快地学习……我们陪他长大，他陪我们慢慢变老，时光悠长，我们仨永远是一家人。

听说，结婚五十年就会迎来金婚。我脑海里不由得幻想起你我一起相伴老去的样子。到那时，我们已经快八十岁了呢，都老得没牙了，还满脸皱纹。不过，想到我的身边依然是你，就忍不住笑了呢。你说那时，我们的儿孙是不是会一起为我们庆祝金婚纪念日呢？

后记

谨以此篇，鼓励自己不忘初心，尽管生活中总有细碎的摩擦，但是要记得，我们都是在爱的指引下走到一起的。愿我们在平淡的生活中，逐渐体会爱的真谛。永远记得：

爱是恒久忍耐，又有恩慈；爱是不嫉妒；爱是不自夸，不张狂，不求自己的益处，不轻易发怒，不计算人的恶。凡事包容，凡事相信，凡事盼望，凡事忍耐。爱是永不止息。

七夕：惊艳一季芳华，温暖浮生岁月

初秋的夜晚，静谧，安然。一阵阵秋虫鸣吟着，浅唱着一曲红尘恋歌。一簇一簇的小野花儿，在柔柔的秋风中，轻扭腰肢，像是为秋虫伴舞一般。

我抬头仰望星空，点点辰光，散落在天际。那温柔的云，与玲珑的月交织在一起，似低喃，又似缠绵。一切，都充盈着爱的气息。这世间万物，一定都在为七夕而庆祝吧？

思绪浮动，我想诉于你，那一笺清澈婉转的相思。我柔婉细腻的心事，悠悠说给你听；我在人间烟火里，愿与你安暖相陪。

如果说相遇是世间久别重逢，那么思念，就是这重逢中那一缕最深的缘。一眼相见，便是万年，这是多少个轮回里遗留的眷恋？

如果说相知是世间最美情话，那么思念，就是这情话中那一段最真的梦。寥寥数语，刻画相思，这是多少个深夜里无尽的牵盼？

如果说相爱是世间最难之事，那么思念，就是这难事中那一颗最真的心。浅浅低唱，倾诉衷肠，这是多少个华年里唯美的悸动？

走过山，走过水，我们终究还是相逢了。刹那间，心底那朵莲花倏尔绽放，溢出汩汩暖流，静心聆听，还发出悠悠的响声。我躲在这世界最安谧的角落里，偷偷欢喜着，于岁月的烟尘里，唱着一曲婉转情歌。

你似乎听到了我的歌声，于是，你也随我一起躲进这安谧又寂然的角落。我望着你的眼眸，晶亮的眸中，倒映着我微红的脸颊，如樱桃，又如云霞。十指交握，心中那酥酥麻麻的触感，就这样一点点蔓延着，醉了我的心，也醉了你的"魂"。我们彼此紧紧相拥着、亲吻着，让那炽热的爱意，在绵长的一吻中延续下去。

这世间人影交错，擦肩而过。恍恍惚惚中，我们就这样在茫茫人海中相遇了，没有征兆，也来不及闪躲，你就这样堂而皇之地闯入我的心扉，从此变成永恒的居住者。

我们在时光最深处相逢，在花香弥漫处相知，在沉静的月色里相爱。我想，我永远都不会忘记你，不会忘记你热情的眼，也不会忘记你炽烈的心。

那年七夕，遇见你，惊艳了那一季芳华。

花开得烂漫天真之时，我们的爱，也盛放得最热烈。花落成一地缤纷之后，我们的情，也被安放到平淡烟火中。

我温柔地拾起这些散落在时光里的花瓣，将它们做成一册盈香的花笺。执一枝充满爱和希望的笔，画下这清浅岁月里最温暖的瞬间。

清晨，你会为我晾一杯清透的温水，润湿我干涩的喉咙；也会在用餐时分挽起袖子，为我洗手做羹汤；还会在夜晚，陪我漫步在月色里，看月光碎屑撒满幽静小路，听枝头鸟儿幽幽鸣唱。

我喜欢莹白的米、绵软的瓜，还喜欢你亲手为我剥开的坚果。我细细品尝着，除了唇齿间的香甜，更多的是心里的温暖与甜蜜。

我喜欢在日光明媚的周末，为你熬煮一锅香喷喷的饭菜。锅碗瓢盆发出的叮当响声，就如一支爱的交响乐。热气袅袅，蒸腾出烟火岁月里爱的味道。

我亦喜欢你从背后抱着我的感觉。你温柔的臂弯里，有着无尽的暖意与安全，你灼热的呼吸触碰着我的颈窝，不经意间，心会酥酥颤动。浮华人世，有你与我安暖相陪，便是人间最暖的场景。

与你在一起的日子里，我慢慢将自己浸染到红尘烟火中，用思念的火焰，将真心熬煮；用牵挂的佐料，把情思煎炒。烹一桌爱的极致盛宴，煨一碗情的美妙配方。

这年七夕，陪伴你，温暖着我的浮生岁月。

一阵凉爽的秋风拂过，将我从沉醉中拉了出来。抬头望望天空，一颗颗星辰眨着眼，调皮地对着我笑，一道缥缈的云横亘在星河中央。牛郎织女此刻应该在鹊桥相会吧？他们也一定在倾诉着那一缕绵长的思念。

七夕这一"盏"缱绻的心事，惊艳了一季芳华，温暖了浮生岁月。回首处，尘世繁华皆褪去，唯见两颗真心紧紧相依。

你的孩子，是救赎你的光

夜将尽未尽之时，我醒了。窗边那片天已露出些许鱼肚白。

孩子翻了个身，将那绵柔的毛毯拂去一边。我微笑，重新给他盖上。望着他可爱的睡颜，听着他均匀的呼吸声，我心里一丝踏实的安稳蔓延着。

每天上班时，我坐在空落落的办公室里，内心满是寂寥、空洞。更多时候，我都是在不停地记挂孩子，看不见他的时候，总感觉内心好似空了一块儿。

唯有点开监控看见他，才会有一丝踏实落在心底。这小小的监控仿佛有着神奇的魔力，能让我那颗满是牵挂与担忧的心沉静下来。

我很感谢孩子的老师，每天都发他和小伙伴们在园内活动的日常。她们似乎洞悉每位家长那颗牵挂的心，空闲的时间就会发几张照片或几个小视频，给你看看孩子在干什么，都吃了些什么，为你那空荡的心填满温暖。

以前我不理解那些女孩们做了妈妈，为何会一瞬间失了自我，甘愿围着孩子转个不停？哪怕与孩子分离一刻钟，都让她们魂不守舍、心不在焉。

如今自己有了孩子，才切身体会到那种感觉。那是一种母子连心、相依相偎的感觉，若你心里泛起惆怅，孩子几乎会在同一时刻发出一阵小小的惊呼声，就好像你们共用一颗心一样。这神奇的感觉，是大自然赋予你的。

这种感觉，唯有经历过怀胎十月、心跳相连，才会被人的大脑释放出来。每个母亲对孩子的依恋，在孩子出世之后，都会像冲破了某道阀门，一泻千里，奔涌而出，此生再也无法合拢。

有了孩子，他就会变成一道救赎你的光。他灿烂的笑容，会成为治愈你生活伤痛最好的药。因为，他曾在你的身体里生长，他是你的软肋，亦是你的铠甲。纵然他是独立的个体，但他依旧是你不可分割的一部分。

他是你生活里的光，是你生命里最璀璨夺目的那颗星。沉浮于凡尘世俗，我们都会遇到很多琐碎之事，但只要看到孩子，你那些愁绪就会如一阵风，瞬间飘散。你迫不及待地走向前去，抱起他，听他银铃般的笑声。孩子的纯真无邪，是我们人生中最治愈心灵的光芒。

有一次我带孩子去单位，在去西山的路上，他欢快得很，一路跳着蹦着，不停地与山脚下的花草打招呼。在他的世界里，那些草木好像都有灵魂一般，都是他的好朋友。

他在路上看见一枚秋叶，高兴地拾起来，满眼笑意："我想用这个树叶做小船！"我很惊讶，原来这飘落的叶片，在他可爱的小脑袋里是一只小小的船，可以载着小蚂蚁去远行。

当你漂泊于尘世，每日里为盘算银钱而烦恼之时，孩子那敏锐的触觉，会引你进入一个微观的世界，化解你的忧思。

你会随着他的视角，看见蚂蚁搬家，看见花儿跳舞，看见星星眨眼。你会看见落叶变成小船，会听见小鸟正在唱歌，还会听见他新颖独特的儿语。

他总能把你从繁芜的生活引入一个天真烂漫的世界。在这个世界里，你会感觉阳光正好、花香怡人，万物都充满着生机，一切都在向好发展。

还有一次，孩子在认真观察月。他说："月亮出去玩啦，月亮是橘色的。"我走到窗边一看，果然，月亮泛着金色的光，已从东游弋到了西。

孩子的观察往往是最细的，他们用自己纯真无邪的眼眸观察世间万物最本质的特征，然后用自己稚嫩清澈的儿语表述出来，宛然一派纯洁，还带着灵动的诗意。

这些简单质朴又纯净脱俗的字句，有多少成人会想到呢？我们行走在庸碌的世间，蹚过时光的河，迈过生活的坎，曾经那颗自然纯净的心早已蒙上细密的微尘。即使抒发感情，也失了生命初始时期那股澄澈的味道。

陪伴孩子的过程，其实是帮助你自己捡拾那颗遗落童心的过程。在这个过程中，你会感受到孩子世界的纯真可爱。他们会帮助你，在这纷扰人间找寻到你心灵深处最本真的东西。

陪伴孩子的过程，是陪你一同走过你遗落童年的过程。你会把你童年未曾拥有过的玩具、零食、布娃娃、小汽车，统统买给他。在他欢乐的笑声中，你一定看到了回忆里那个活泼烂漫的你。

他是你生命的延续，是当下时空中另一个儿时的你。陪伴孩子成长的过程，也是与曾经那个孤独无依的自己相互和解、彼此拥抱的过程。

愿你，用这一生好好陪伴孩子成长。让这救赎你心的光，一直伴你，走到很远、很远。

给宝贝的生日寄语

夜已深。温柔的月，像一弯扁扁的小舟，游游荡荡"漂浮"在墨色的秋空里。我望着宝贝恬静的睡颜，心里漾起一波一波的柔情，仿佛要将我融化。

宝贝，你快要四周岁了。你知道吗？自从有了你的那一刻起，妈妈心中就涌动起难以言说的爱意。这一丝一缕的爱意，渐渐升腾起来，从心底一直蔓延到整颗心。

随着你在我腹中长大，这爱意也变得愈发浓烈。那个繁花似锦的时节，我安静地坐在婆娑树影中，轻抚隆起的腹部，感受着你小小生命的跃动，也感觉到我对你浓烈的爱流遍整颗心。风拂过，我听到头顶的绿叶在翩然轻舞，摩挲出喜悦快乐的声音。

我一直盼望着你能健康成长，不断地为你许下幸福一生的夙愿。直至你出生的那一刻，这醇厚的爱意都在支撑着我，走过那巨大的痛楚。

宝贝，你知道吗？因为有了你，我的心，被一次次治愈。只要看到你天真烂漫的笑脸，即使在生活中遇到再大的困难与痛苦，遇见再大的不公，妈妈的心，都会被治愈。有了你，我的心也开始变得柔软，我也变得更有耐心。

宝贝，妈妈感谢有你，你出现在我的生命里，给我带来非常多的欢愉与快乐。

宝贝，你知道吗？看着你一天天成长，一点点进步，妈妈都会感到由衷地开心。三月龄开始侧翻身，六月龄学会连续翻滚，七月龄学会独坐，八月龄学会匍匐爬，九月龄学会自己扶站，十月龄学会手膝爬，十一月龄开始扶走。到十六月龄，你终于可以离开妈妈的怀抱，独立走出人生的第一步。

还记得那时，我在天镇县学驾驶，每日早出晚归，你就在舅舅家里，随姥姥、姨姥一起，蹒跚学步。想到你跌跌撞撞走着属于自己的步伐，我的心底也涌出一股动力，我们母子二人在一同努力，做最好的自己，我们都在奔赴更好的生活。

宝贝，你知道吗？从你吃辅食开始，妈妈每天都在研究各种各样好看的花样辅食，因为有了你，从不做饭的我开始主动学习营养搭配，加群"爬楼"，向有经验的妈妈们学习制作营养辅食，只希望你能够摄取足够的营养，品尝更多的美味，茁壮成长。

宝贝，妈妈感谢你，因为有了你，我从一个厨房新手，摸索到许多烹饪技能，从此不必依赖他人，也可以做出好吃的饭菜。

宝贝，你知道吗？从你喊出第一声"妈妈"开始，我的心里就洋溢出一种独特的幸福，是属于天下每一位母亲都能感受到的那种幸福。

听你慢慢学会许多日常词语，听你每日念叨着儿歌，听你念着那些经典诗词，妈妈都感到好开心。你稚嫩的童声，在我听来是那么好听、悦耳、可爱。你一句浅浅的"妈妈抱"，就让我的心变成一汪柔水。

宝贝，妈妈感谢你，因为有了你，我才能体会这世间最珍贵的母子情。有了你，让我深切感受到，在这世间，我收到的深刻眷念又多了一份。

宝贝，你知道吗？自你上幼儿园开始，妈妈始终都忍不住点开监控，寻找你小小的身影。初初进入幼儿园的你，会因陌生的老师、陌生的环境而哭泣，妈妈的心也如同被揪起一样。

慢慢地，我看到你越来越习惯，越来越独立，我感到非常开心。看到你能在幼儿园里开心地学习、玩耍，看到你每天都能学到一点知识与技能，看到你的性情也变得更加开朗，我就会感到无比欣慰。

宝贝，妈妈感谢你，因为有了你，才让我多了一份独属于你的牵挂，让我感受到这世间最美好的感情。

宝贝，你知道吗？自从有了你，妈妈的心愿便从此多了一个，那就是，愿你此生健康成长，愿你幸福快乐！

妈妈自知自己也只是一个普通人，所以也不愿去逼迫你，让你小小的身躯承担巨大的学习压力。每当看到这世间内卷的父母养出沉郁的孩子，妈妈的心堪比被人剜了一刀，那种痛，无以复加、难以言说。

此生，妈妈愿你一世安好。童年时代，你就做一个无忧无虑的小朋友，有爸爸妈妈的陪伴，有老一辈人的呵护，有同龄人的深切友谊。

此生，妈妈愿你一直都被这世间善意所庇护，待你长大，即便遇到人生的风雨，你也可以从快乐的童年里找寻到温馨的回忆，治愈你的心。

此生，妈妈愿你能够长成一棵参天大树，肩负责任，微笑向暖，坚强面对人生中那些难免会遇到的挫折。

愿将来的某一天，你可以为妻儿撑起一片天，可以为祖国发展贡献自己的力量。到那时，我想我一定会为你骄傲。

宝贝，在你四周岁生日之际，妈妈寄予你最美的祝福——愿你眼里有光，心中有爱，健康快乐成长每一天！

一声姐姐，一世眷念

姐姐，这是一个多么亲切又美好的称呼。一声"姐姐"，是褪去了尘世几度繁华，剥留下的亲情的惦念；一声"姐姐"，是世间最婉转美妙的呼唤；一声"姐姐"，寄托着你心间最纯真的牵挂。

像是漂泊在巨浪滔天的大海里，忽而看到一处宁静的碧水桃源，你迫不及待地驶入其中。你的姐姐，就是你生命里最温暖的港湾，供你停泊，许你依靠。

自古以来，国人对家里的长子女都极其敬重。因为他们年龄最长，承担的照拂弟妹的责任仅次于父母，因此也最受人们重视。每个中华儿女心里，都对自己的姐姐有一种特殊又深厚的感情。

我想起妈妈的姐姐，也就是我的大姨。姥姥去世得早，留下五个幼小的儿女，姥爷也要外出谋生赚钱。

大姨作为家中长女，于是，还是小姑娘的她便自然地承担起照顾弟妹的责任。原本，她成绩优异，但姥姥的去世，让她不得不放弃学业，独自撑起这个家。

她为他们做饭、洗衣、缝补，极其用心地照顾、教育他们。岁月缓缓流淌，她也从稚嫩的小女孩成长为家里的主心骨。后来，每到过年，大姨都会亲自炸好多肉丸子，为她的弟弟妹妹们打包送去。每年春节，也都是大姨将他们召集起来，度过了一个又一个团圆年。

像我大姨这样的姐姐还有很多。其实，越是这样的姐姐，才越是让人心疼。她照顾着自己的弟妹们，不断地为他们操劳，担忧他们的健康，努力为他们做好一日三餐，也关怀着他们的学业、工作、婚姻、生活。她一直都在为弟妹们活，却忽略了自己内心的悲喜。

这样的姐姐，实在是太容易忽略自己了。即便她看起来很精明强干，但她的内心也是个小女孩呀，她也有自己的喜怒，有自己的悲欢，有自己的无助，只是，她却没有能够让自己依靠的肩膀。残酷的现实，不断催她变得强大，以便更好地支撑起这个家。

我想起电视剧《知否知否应是绿肥红瘦》里面的华兰。作为家里的嫡长女，她第一个出嫁。为了弟弟妹妹的前途，她面对恶婆婆的欺侮，始终都在隐忍。

整整十年，她的嫁妆被克扣殆尽，她的儿女也因恶婆婆的疏忽而烫伤，她的精神也被折磨得萎靡不振。但她始终都顽强挣扎着，靠着自己的智慧，化解了一个又一个婚姻生活里的危机。

在那样一个落后的封建时代，她硬是把自己变成一块人人称赞的"活招牌"，贤良淑德，勤俭持家，为自己的母家争得美名，也为弟弟妹妹们引来一个光芒万丈的好前途。

古典小说《红楼梦》里的元春，她也是家里的大姐姐。

"二十年来辨是非，榴花开处照宫闱。"

她十几岁就入宫了，始终伴在君王左右。在皇宫那样的政治旋涡里挣扎，是何等凶险。她就像一只被囚禁在华丽樊笼里的金丝雀，被皇帝豢养着，那种极致的繁华，给她的心灵带来沉重的压力。

直到加封贤德妃，她终于得以省亲。她心中一直都挂记着弟弟妹妹们，询问宝玉的功课，给他修改"蓼汀花溆"的作业，邀请"宝、黛、钗"及"三春"一同品茶作诗，一起听戏猜谜，度过了短暂的欢乐时光。

后来，她又回到宫里了。寂寞的深宫生活，令她忍不住怀念在省亲别院的美好时光。于是她下令，让宝玉与一众妹妹们都搬进大观园里生活。

她知道，家族的兴衰荣辱都压在她柔弱的肩膀上，她早已深陷囹圄，宛如一只失去自由的鸟儿，永远被禁锢在皇宫里。

　　她亦明白，那一方风光秀丽的大观园，是她此生都再难住进的桃源净土。她更是清楚，此番归省过后，她的父亲一定会将园子锁住，不许他人再次踏入。

　　她轻叹，何必辜负那么美好的园林风光呢？不如让自己青春年少的弟弟妹妹们住进去，也算是为他们提供了一湾清雅的诗梦画境。

　　于是，宝玉与那些貌美如花、清纯可人的女孩儿们，度过了他们生命里最绚烂、最惬意的一段时光。那段日子，也成为他们锦瑟韶光里最美的人生历程。

　　元春这样的大姐姐，即便她自己永远失去自由之身，但她依旧心系弟妹，在污浊的尘世，为他们撑起一把伞，护佑着他们，为他们送来最澄澈的桃源净土。

　　一声姐姐，一世眷念。你是否也有这样一位吃苦耐劳、忍辱负重，却又始终默默无闻的姐姐？

　　向你的姐姐道一声谢谢吧。是她，为你遮蔽了数十年的人生风雨。

　　她像母亲一样照顾你，给你依靠，她是你在这世间，除了父母以外，与你血缘最紧密的亲人，她更是你在这庸庸凡尘里最真实的依恋。

　　抱抱你的姐姐吧，用你最诚挚的一颗心，去向她倾诉你对她最深的那一缕牵挂。

第五章

诗情画意

在鬓边簪一朵花

下班途中，偶然间看到一位女子，那简单梳起的发髻上簪了一支带有黄色小花儿的发卡，瞬间感觉眼前一亮。那黄色的花儿看起来清芳淡雅，缀在发间，甚是温婉灵动。

从一些古画中，我们经常可以看到，女孩子们的鬓边时常会簪一朵雅致怡人的小花儿，细长似柔荑般的手，轻轻扶起那朵花来，再着一身飘逸如仙的汉家衣裳，那通身轻灵柔婉的气质，一下子便跃然纸上！

电视剧《甄嬛传》里，安陵容初进宫之时，甄嬛看她着装简陋寒酸，便摘下自己的耳坠，给安陵容戴上，又随手撷下一朵淡雅的秋海棠，轻轻插在她的鬓边。那花儿丝丝缕缕的清雅之气悠然散出，清芬醉人。后来在殿选之时，这朵秋海棠竟引来一只翩舞的蝴蝶，久久停驻于陵容的鬓边。皇帝本不欲她留下，然而看到这一幕，不由得心里微动，将她留了下来。

安陵容在一众繁花似锦的女子中，就如一朵最不起眼的小野花儿，虽说她自带一股独特的江南女子的温婉气质，但在家世显赫的女孩子们当中，她的确显得有些小家子气。她容貌清丽，又带着几分羞涩，脸颊微醺，似红霞晕染，平凡中蕴含着一种不屈不挠的韧劲儿。这样的女孩，鬓边簪了一朵清馨怡人的秋海棠，瞬间有一种灵动跳脱之感。

看过往那些黑白色的照片，在那个物资匮乏的年代，女孩子们为了美，也会随意簪一朵花。明媚的笑靥，在鲜妍花朵的衬托下，更显得女孩们灿烂可爱了。她们在最盛放的年华里，簪一朵最娇嫩的花儿，哪怕生活再贫然困苦，也都让这生命充满无尽的欢笑与希望。

曾经看到过某些影视剧里的媒婆，她们画着浮夸的妆容，鬓边簪着一朵大红花，那狂放不羁的动作，看起来与鬓边的红花极不协调，又显得过于鄙陋。不知是否因为这个原因，现在的女孩子们，很少有人喜欢在自己的头上簪一朵花的。

其实，在头发上簪花，最能凸显自身独特的气质。山茶花恬静，玉兰花宽和，百合花纯洁，牡丹花高雅，桃花艳丽，梅花坚贞。这世间的女子，簪不一样的花儿，气质也不尽相同。

如果给梅妃江采萍簪花，那梅花一定是最合适不过的。

她在得宠时，从未倚仗皇帝的权势而排挤其他宫妃，也没有结党营私、祸乱朝局，她始终坚守着自己心中那一抹高洁，明理又自律。在她失宠之后，皇帝为抚平自己心中的愧疚，给她送来一斛珍珠，她鄙弃地写道："长门尽日无梳洗，何必珍珠慰寂寥？"她已然知晓，帝王之爱就如一缕缥缈的云烟，她又怎会强求那颗难以捉摸的帝王之心呢？

她的一生，始终都保持着独立、傲然、坚贞的气质，宛如一树倔强傲岸的梅花，哪怕最终叛军围城，她也宁死不屈。

如果给宋代女词人李清照簪花，那菊花一定是最适合她的了。

李清照与赵明诚是一对志同道合的神仙眷侣，静好的时光里，他们吟诗作赋、赌书泼茶、研究金石。

然而，在那个流云惨淡的时节里，她的心上人去了千里之外，归期未定。她浅酌一杯小酒，细数掉落下来的菊花花瓣，不知不觉中，她沉醉了。相思催心肝，清减一分肌，她觉得自己比那黄花都要瘦了，所以，她吟出了那一句名动千古的辞章："莫道不销魂，帘卷西风，人比黄花瘦。"

这世间的女子们都是美的，美如鲜花。各色花儿竞相绽放，每一朵都姿态各异、气质不同。就给自己的鬓边也簪一朵小花儿吧，淡雅的花儿，馨香的花儿，灵动的花儿，温婉的花儿，都是好的。女孩们有了这小花儿的衬托，一定会绽放出更加迷人的光彩。

梦里江南，诗意缱绻

静谧的午后，我独坐在图书馆一隅。清浅的时光，缓缓流淌；盈墨的书香，肆意蔓延。

我手捧一卷书，里面镌满江南的清韵雅调，每一个字，都饱含对江南的脉脉深情。我静静读着那些字句，浑然不觉自己已然入梦。

我彳亍在江南的风里，嗅着一缕和暖甜香，仿佛游荡在青石板之上。花雨飘零，落红阵阵，那位凝着愁绪的丁香姑娘，撑一把油纸伞，款款向我走来。轻浅的吴侬软语萦绕耳畔，她在向我絮说那绵密温柔的心事。

我无法听清她的话语，那温婉的声音如缤纷的花瓣，飘散在江南的风里。而我，沉醉在她斑驳的语调里。

我漫步在江南的雨里，沉浸在潮湿的细密中。雨雾弥漫，织起一帘烟云，淡如白纱。碧水清透，被风拂过，漾起一圈圈涟漪，宛如心事被撩拨，激起微澜。

江南的雨，似清愁在丝丝纠缠。江南的雨飘落在荷叶上，凝聚起莹莹的露珠；江南的雨轻抚在古朴的窗牖边，浸润着千年的遗梦；江南的雨落在我的心上，激荡起我绵绵的眷恋。

我乘着悠悠白云，飞至江南的山巅。江南的山，身披绿莹莹的纱裙，梳起一盘螺髻，宛如清秀婀娜的美人，正在冲我娇媚地笑。

"她"的怀里，是一座座炊烟袅袅的村落，山间的樵夫们一边担柴，一边唱着曲儿，一派悠然自得。江南的山，就像一位温婉慈爱的母亲，将自己无尽的爱，全数赋予"她"的儿女。

我飘摇在江南的秀水之上，碧水盈盈、波光粼粼。江南的水，宛如温润的玉，清透温凉。江南的水，是无数文人墨客蹚过的水，弥漫着盎然的诗情。

江南的水，是一汪泛着柔情的水，融进无数清雅诗客的爱恨离别。我用手掬一捧这水，胸中那些化不开的忧愁被轻轻揉碎，溶解在水中。

不知不觉中，夕阳已落下，夜幕已来临。我徘徊在江南的夜里，立于小桥之上，望着墨色天空里那一轮明月。

此刻，江南的青砖黛瓦，江南的水阁木桥，都枕着一脉清溪，安静地睡在江南的夜色里。摇曳的乌篷船上点着一盏渔火，为归人照亮夜行的路。这江南的夜，曾经也凝结过无数人的悲欢愁绪。

"月落乌啼霜满天，江枫渔火对愁眠"，吟唱出江南夜里的一怀清愁；"月黑见渔灯，孤光一点萤"，勾勒出江南夜里的一抹孤寂；"天秋月又满，城阙夜千重"，浅唱出江南夜里的一缕惆怅。这江南的夜，寄寓着人们数不尽的情思。

闹钟响起，我瞬间清醒。原来，我看到的江南，竟是美梦一场。我抬头，只见路边黄叶灿灿。秋风缠绵，把树叶吹得凌乱翩舞。

原来，我是睡在塞北的深秋里，做了一场江南的梦。梦里缱绻温婉，梦外秋意缠绵。我愿醉在这江南的梦里，找寻心中那一缕恬淡。

江南梦里，寻一缕相思

我坐在秋意婉转的时光里，静静聆听一曲《江南调》。耳畔，温润尔雅的男声在萦绕，我的心，仿佛沉醉在江南那一汪柔婉秀水之中。

不知，江南的男子是否都是如此温润如玉？我默默望着窗外那一弯皎洁的月，渐渐地，沉入了梦乡。

我缓缓漫步在江南烟雨中。不远处，是一片碧绿的湖水，沉静似翡翠。雨丝缠绕，滴落于湖面，激起一圈圈微小的波纹。青砖黛瓦、水阁木楼，都枕着这一湾盈盈碧水，安静地睡着。

湖面上，一叶扁舟缓缓行驶，舟头坐着一位翩翩少年郎。少年温润如玉，唇边淡淡地漾起一抹笑意。那微笑，似淡雅的清风悠悠吹拂，又似清灵的花儿缓缓盛开。他眸光澄澈，看向岸边桥头。

我顺着他的目光望去，只见，弯弯曲曲的桥廊之上，一位身姿玲珑的伊人撑一把油纸伞，款款向他走来。

细雨绵绵，微风徐徐。她乌黑的发，被轻轻拂起。衣袂翩飞，宛如荷中仙子，飘然而来。她目光莹莹，望向舟头那个翩翩少年郎，眸中掠过一抹惊喜，对他浅浅微笑。

我沉沦在他们痴缠的目光里。这江南的蒙蒙细雨，仿佛纠缠着他们绵密的相思，滴落在这一岚清雅的江南诗梦里。

我仿佛听见他们在低语，在呢喃，在浅诉思念。她的情影，倒映在他的眸光里；他的温柔，印刻在她的心尖上。他们默默执手相牵，我看到他们眼里氤氲着醇厚的深情。

原来，江南的男子，是这般尔雅温润。他的妻，也如玉一般玲珑婉约。恍然想起曾经看过的一句话，妻如玉，女儿如花。

这般温雅淡然的男子，他值得拥有这样一个温婉且美好的妻，他们的一生，都会在爱里缠绵，于梦中缱绻。或许，他们还会拥有一个如花般艳丽的女儿，那小姑娘也一定会是个极温婉、极可爱的女孩。

花瓣缤纷，在雨中缠绵、轻舞。透过这一澜烟雨，我看见那个翩翩少年正在深情拥抱着他那温柔娇俏的妻，眼底是无尽的怜爱与眷恋。

"谢家燕，又成双。朱雀桥，花径香。一曲春秋百转恰似东水，春又暖……"一阵悠扬悦耳的音乐，将我从梦中唤醒。

原来，我又醉在江南那一帘迷蒙的烟雨梦中了。云青雾绕间，我遇见一位温雅的江南诗客，他正与自己的爱人执手相牵，道不尽那绵绵情意，诉不完那缕缕相思。

银碗盛雪，织就素锦年华

　　雪小禅说："所谓银碗盛雪的日子，是门前种花，屋后种菜，自己腌制咸菜，有柴米油盐诗酒茶，三五知己秉烛夜谈。窗外蔷薇灿灿地开，人在屋内风长气静地笑。"

　　瞬间，心底漫起一片温润。她寥寥数语，便勾勒出一幅简静优雅的生活画卷，像清素的简笔画，又像一缕春风拂面而来，给人和暖安谧的感觉。

　　在生命的长河里行驶，最好不要经历太大的波折，平平静静、一眼望到头，那是最好不过了。生活就是这样，无须轰轰烈烈，只要持一颗如雪的素心，便可于碌碌凡尘中，浅笑安然。

　　如果可以，就在自家门前种几丛鲜花吧，翻土、撒种、施肥，看小芽在春风里生长，在细雨中吮吸，为它们修剪枝叶，期盼它们热烈盛开。

　　就像照顾自己的孩子一样，用心用情地呵护，温声细语地聊天，等待有一天，它们生出美丽的花苞，开出缤纷的花朵。

　　当你拥有了这一片郁郁葱葱的繁花盛景，哪怕遇上生活的风雨，那些惆怅，那些忧伤，也都会被这浓郁的花香一一抚平。

　　你会发现，当初那些柔弱的花种，原来也会破土而出、拔节生长；你会感叹，原来这小小的花儿，也会有如此坚韧的毅力，不惧风雨，不畏幽暗，也能在逆境中开出最绚烂的花。

门前种花，犹如在内心修篱种菊，植下一片清雅。若你厌倦了浮华尘世，回到自己的小屋，只看着这几丛小花儿，想必心间也会有欢喜悄悄逸出吧。

如果可以，就在自家屋后种几畦蔬菜吧，黄瓜、西红柿、南瓜、生菜、菠菜、辣椒，都可以。看它们在温暖的阳光下欢快地成长，为它们灌溉生命所需的营养物质。

时光悠悠，你静立于窗前，或许会在某个夕阳西下的时刻，猛然瞥见黄瓜开了花，看到南瓜生了藤，抑或闻到青菜那沁人心脾的芳香。

当你拥有了这一畦绿油油的菜地，心中定会荡漾起一汪喜悦，这些都是你辛勤播种的希望呀。

黄瓜熟了，你可以采摘几根，洗净、拍碎、拌匀，邀亲友一同品尝这清新又幸福的味道；

南瓜熟了，你可以轻轻剪断藤蔓，起锅、舀水、撒米，熬一锅甘甜又温暖的南瓜粥。晚餐时分来上一碗，暖身、暖胃又暖心呀；

辣椒熟了，你也可以将其切片、腌肉、热油、爆炒，做一盘香喷喷的辣椒炒肉。再搭配一碗甜香的米饭，那简直是舌尖上极致的盛宴。

屋后种菜，种出的是最温暖的人间烟火。民以食为天，若你在尘世漂泊久了，那就快回到自己的小屋吧，去屋后看看这些蔬菜，闻一闻风中那清新的菜香，烹制一盘简单朴素的美味，你的内心一定会感到无比熨帖。

如果可以，就邀请三五知己，一起把酒言欢，一同秉烛夜谈吧。生活不只是眼前的苟且，还有诗和远方。你们可以聊琴棋书画，也可以聊诗酒茶花，还可以聊家长里短、柴米油盐。

听挚友絮叨一些琐碎日常，与他们交流当下读过的书、追过的剧，侃侃而谈，畅所欲言，没有世俗的算计，也没有尴尬的揶揄，更没有虚假的奉承，哪怕只是静默相陪，心中也满是愉悦。

多好呀！与同频之人相交流，是一种滋养，是一种享受，更是一种成长。在你们剪烛西窗、把酒畅谈之时，你的心灵也会沐浴到一缕温情，宛如明朗的风拂过四季的原野，一切都是欣欣向荣的模样。

与三五知己秉烛夜谈，是你心灵的一次小憩，是你精神的短暂放松，更是你"灵魂"的极大丰盈。你会在庸庸尘世里找到一片干净的栖息之地，来释放你所有的压力；也会在乏味生活中觅到一方清简的诗意之境，来安放你疲惫的身心。

时光煮雨，岁月缝花。或许，我们的生活充盈着无尽的琐碎，但只要我们始终持一颗素净之心，在银碗里盛一抔雪，于岁月中泡一盏茶，静待花开，慢品烟火，就一定会找寻到内心深处那片明澈。

浮云吹作雪，世味煮成茶。多少往事随风去，心中挂碍无踪影。回首处，唯剩袅袅禅音，在风中萦绕。

女人如花花似梦，柔情若水醉芳菲

女人是花，花开优雅，花落无言；女人是水，纯净清澈，泽被万物；女人是酒，醇厚清香，醉人心魂。

——题记

女人如花

世间有繁花千万朵，朵朵压枝，五彩缤纷，美不胜收。就如尘世里的女子，千娇百媚，秉性各异，每个年龄段的女子，都有自己独特的魅力。

二十岁的女人是桃花，妖娆妩媚，宜室宜家。她们在最美的年华里，遇上一段刻骨的爱恋，轰轰烈烈地盛放，但愿沉醉不复醒。

三十岁的女人是玫瑰，优雅迷人，纯洁本真。她们坚守原则，不愿被轻浮之人随意攀折，让自己浑身裹满戾刺，只在红尘里兀自摇曳。

四十岁的女人是木棉，温婉独立，骄傲自如。借你的花枝来炫耀自己吗？不，她们不愿。她们爱你，更愿意与你共担雾霭流岚，一起走过岁月的雨雪沧桑。

五十岁的女人是兰花，淡雅芳馨，素心如简。到了知天命的年龄，她们历经世事坎坷，早已不再是那个纯真无邪的女子，此时的她们会散发出舒雅的香气，不悲不喜，淡然自若。

六十岁的女人是棉花，温暖和煦，予人安稳。如果说家是一个圆，那么此时的女人，一定是圆的中心，家人们能够团聚在一起，共度良宵，同担风雨，皆是因为对她的眷恋。

饱经生活风霜的她，如今已修炼出一颗柔软和暖的心，时时刻刻都给予她的儿女无限的力量。她们把岁月的皱纹缝成一朵花，数着芳华，将自己的身影，浸泡在一罐橘色的夕阳里，嘴角轻扬，平静地怀念那些过去的故事。

女人如水

曹雪芹说，女儿是水做的骨肉。所以，她们清秀灵婉、美丽动人，像水一样干净澄澈。郦道元有云："天下之多者，水也。浮天载地，高下无所不至，万物无所不润。"

天下之水何其之多，就如天下女子遍布人间。水，飘浮于天，也承载于地。而女子，也像极了雨水，绵绵密密，润物细无声；还像溪流，涓涓潺潺，交错纵横，流遍大地。

她们扎根生活，各行各业都有她们的身影，沉静且温柔地润泽着这个世界。她们与天下男子共同撑起一片天，守护家国、光耀史册、奉献人间，样样不输大丈夫。

我们中华民族的历史何其悠久，那些杰出的女性，宛如明亮的星辰，点缀在浩瀚的历史长空，将我们引入一个光华四溢、异彩纷呈的世界。

妇好、迟昭平、平阳公主、梁红玉、秦良玉、冯婉贞，她们胸怀天下、智勇无双，面对强敌，不卑不亢、奋勇当先。她们是巾帼英雄，是盛开在漫漫历史长河中永不枯竭的浪花，她们坚韧不拔、舍生忘死的精神，永远散发着璀璨夺目的光。

冯太后、武则天、刘娥、萧绰、布木布泰，她们挣扎在后宫的惊涛骇浪里，见识过贪婪阴险的人心，领教过凉薄冷酷的帝王心术，凭借自己的智谋，终于拥有了至高无上的权柄，把控历史前进的方向。她们是优秀政治家，在丹书史册里留下绚烂无比的倩影。她们胸襟宽广、目光长远，以强硬手腕推行利民政策，也谱写出中华民族团结的华章。

蔡文姬、谢道韫、上官婉儿、李清照、朱淑真、唐琬、柳如是，她们才华横溢，有文人傲骨。她们在礼教的绳索中挣扎，始终自尊自爱、自立自强，守着心底那一抹痴念，用血泪书写胸中的真情，也为后人留下道不尽的悲欢往事。

时至今日，依然有很多优秀的女性，她们是医生、是老师、是军人、是工人、是农民、是画家、是运动员、是化妆师、是摄影师、是设计师……

她们的身影遍布各个岗位，她们无怨无悔地付出，满怀热情地奉献，像水滋润万物一般，滋润着人世间。

脱离了封建礼教的束缚，她们可以尽情地展示自己的才华，全力拼搏，去实现自身梦想。这世界，因为有了她们，才变得多姿多彩、灿烂瑰丽。

女人如酒

爱过知情重，醉过知酒浓。世人提起女人，总是绕不开爱情与婚姻。

女人是一盏清冽甘甜的果酒，饮一口，舒爽惬意，再饮一口，便会上头。古来有多少帝王将相都拜倒在女子的石榴裙下，他们沉沦情爱，却又甘之如饴。

妲己、褒姒、张丽华、杨玉环，她们很美，美到销骨噬魂，美到动人心魄。宛如一坛陈年佳酿，被那些帝王尝了一口，从此，他们醉了，荒了政务，废了功业，倾了城池，乱了江山。

诗人惋惜道："云鬓花颜金步摇，芙蓉帐暖度春宵。春宵苦短日高起，从此君王不早朝。"

于是，世人开始对这些魅惑的女人口诛笔伐，说她们是"祸害"，脏水一盆又一盆地泼下来。他们都说，是她们，是她们让帝王沉湎情爱、无法自拔，所以国破家亡，要怪她们。

盛世需要美人点缀，乱世却要美人赔罪。分明是他们太贪杯，不懂节制，浅酌一口不够，那就再酌，直到自己沉醉不醒，直到"鼙鼓动地来"，直到城破败逃，他们才恍然乍惊，将女人们推出去，替自己阻挡漫天谣言。

恐怕他们早已忘了，当初是他们操纵权柄，抢占美人，居高临下地站在她们面前，要她们服从自己。

那些漂泊在乱世烟云里的女人们，她们是清醒的，又是无奈的，尘世间，哪个女子不想要安稳的人生呢?

她们期待真挚的爱情，也期盼能与心之所爱静守一处茅檐，聆听蝉声鸟语，慢品人间烟火，然而命运却只安排她们变成历史祭坛上的牺牲品。

俱往矣。那些泛黄沧桑的历史早已化作点点风尘，融进光阴的酒里。

如今，女人们的故事依旧在尘世里上演着，有的幸福甜蜜，有的坎坷不平，有的顽强乐观，有的悲喜交加。凡此种种，编织成一曲优雅迷人的生活之歌。

生在中华盛世的女人们，眼里有光，心中有爱，手里有钱。她们沐着春风，迎着朝阳，守在爱人身旁，任由烟火气浸染全身，安心为家人准备着一日三餐。

"女性的双手既可以烹饪出流转的美味，也可以指挥行进中的航船。"

累了，她们的怀抱就是你停泊的港湾;困了，她们的歌声就是你安睡的摇篮;迷茫了，她们的微笑就是你不竭的动力。她们是酒，令你沉醉，也令你醒神。

后记

愿你是一朵娇媚的女人花，盛开在爱人的心上;愿你是一汪澄净的春水，润泽亲人的心田;愿你是一盏甘甜的美酒，永远令人心驰荡漾。

愿你被人间之爱紧紧包围，不惧岁月长，不怕风霜晚，活出优雅，活出烂漫，活出四季最美的风景，深情到老。

一梦红楼难再醒，曾是惊鸿照影来

——游览大观园

京城的九月，已流露出些许秋意。走在街道上，虽此刻满眼皆是青翠，但不经意间，会有零零星星的黄叶飘然而落，宛若黄色蝶儿轻舞蹁跹。

秋花开得煞是明媚，仿佛知道自己花期短暂，想拼命释放自己最后的光华给世人。

此刻，我听着悦耳的歌声，心自悠然。手机里随机播放到一曲《葬花吟》，我的思绪便被勾入那一帘红楼幽梦之间。于是，我们迎着一轮温暖的秋阳，走向大观园。

穿过两条地铁线路，坐过一程公交，我们终于踏入这一方青翠清凉之境。充满古意的红墙之下，"大观园"三个金色的字映入眼帘。

我们刚进入园内，便看到门口对面那座小小的假山。它由一块一块的太湖石堆砌而成，形成一片奇石屏风，将园内旖旎风光尽数隐在身后。

假山前面，一簇簇紫色的香彩雀迎风而立，悠然绽放。它们张着薄薄的瓣儿，对行人们巧笑嫣然着。这奇石屏风有了这一片浅紫色香彩雀的点染，更加显得灵动明艳。

孩子蹦蹦跳跳走过这一"曲径通幽"之处。我们钻过山石搭起的石洞，绕过一个弯，眼前便开阔起来，一座悠然的亭子站在不远处，宝玉称之为"沁芳亭"。亭子两侧有题字："绕堤柳借三蒿翠，隔岸花分一脉香。"

阳光下，这些题字泛着金光，甚是耀眼夺目。

沁芳亭之下，长满密密层层的莲叶。这个时节，睡莲的花期应是早已过了，此刻，一片苍翠尽收眼底。

片片莲叶紧密相连，拥拥簇簇的，一同在微风中笑着、闹着，一派纯真无邪。秋阳洒在莲叶们身上，仿佛为它们镀了一层金色的光芒。仔细看时，偶尔还会发现一朵小小的莲花，藏匿在这"田田"荷叶底下。似乎，它不愿让自己的韶华随秋光流逝，于是悄悄躲藏起来，不让时光偷去自己娇美的容颜。这朵小小的莲，还很调皮呢。

走过沁芳桥，右边不远处就是潇湘馆。这里，就是林黛玉的雅居之处。

刚一踏入此地，满眼皆是苍翠的竹林。那一竿竿翠竹昂然挺立着，掩映着青石板的小路，显得清静幽然。

竹林一直以来都是中国古代文人最爱凸显其格调的植物，苏轼说"宁可食无肉，不可居无竹"，可见竹子在文人墨客心中那重要的地位。

书中，林黛玉后来就住在这样的院子里，闲时赋诗、抚琴、读书，颇有大诗人王维的闲情意趣。独坐幽篁里，弹琴复长啸。黛玉静坐于窗前，一轮凄清皎洁的月幽幽"撒"下一脉清辉，微风拂过，院子里发出窸窸窣窣的竹叶摩擦之声。

她情思缱绻，洞明世事，自知在那样一个"唯父母之命皆所从"的时代，自己的婚姻大事将无人做主。于是，她看到叶片飞扬，便想到自身命运飘零；她看到月色凄清，便看透自己在这末世里即将遭遇的悲凉。

她一直是清醒的，清醒得看见自己爱情幻灭，清醒得看透众人命运飘散。

但她面对爱情，又是那样执着且热烈。

她与宝玉坐在桃花树下共读《西厢记》，任花瓣落满全身；

她在灯下泼墨，于绢帕之上，挥笔写下胸中那一抹刻骨的温情与相思，寄托自己那颗无处安放的躁动之心；

她坐在书房里，轻拢慢捻抹复挑，对着心爱之人悠悠弹起古琴，婉转悦耳的音乐声瞬间飘逸而出，萦绕在潇湘馆前的竹林里。

林妹妹容貌绝世，格调高雅，为人处世宽和，处理闺中人事也是游刃有余。雨夜里，一个老嬷嬷冒雨为她送来燕窝与雪花洋糖，她大方打赏这位嬷嬷几百钱。

有人说，黛玉不会掌家理事，其实这是对黛玉的偏见。

古代大家闺秀，掌家理事是重中之重，若黛玉不通此事，为何能把自己居住的潇湘馆打理得井井有条？连二小姐迎春房里都有一众下人吃酒赌钱，小丫头们飞扬跋扈，别处更是一派散漫、不成规矩。

但，唯有黛玉的潇湘馆里，从始至终并未传出任何糟乱之事，可见她对丫鬟、婆子管理有序、收放自如，让众人皆有自己的事可忙，且皆能安享其职，这是需要管理者的智慧与手段的。

黛玉不似王熙凤那般掌控贾府的经济大权，她都能一眼看透贾府出得多、入得少，这必得聪敏灵透才能发觉出来的。因此，黛玉是有掌家理事之才的。

潇湘馆里，琴音叮咚。我穿过弯弯曲曲的回廊，沿途廊檐之下，挂着一个个红色的灯笼，灯上还写着诗句，布置得甚是雅致。

黛玉是诗人，她独有一套自己的诗学理论，那就是，写诗第一要义便是立意。不以辞害意，这是最重要的。因此她写的诗，总是透着一派烂漫纯真，元春甚是喜欢她写的诗文。

不仅元春喜爱，我们这些读者也非常喜欢。《秋窗风雨夕》抒发了一缕凄切的秋思，《葬花吟》则唱出花瓣散落无人收理的悲凉。

她有一颗敏锐的、洞察万物的诗人之心，她将世间万物皆揉进她的悲欢意趣，在她的笔下，涌动出数不清的唯美诗篇，每一首读来都感觉唇齿留香。

黛玉除了精通诗文，还是一位抚琴的高手。《红楼梦》第八十七回讲到，宝玉、妙玉路过潇湘馆，听到一曲清切叮咚的琴声，宝玉一番情动，便径直踏入，去看林妹妹。妙玉笑他，自古只有听琴的，没有看琴的。其实，我觉得是宝玉思念黛玉，那丝丝缕缕悠然的清切之音，让他心底升腾起一缕缠绵的情思。

黛玉不仅仅有一套自己的诗学理论，对于弹琴，也是独有一番道理。她认为，若要抚琴，必择静室高斋，或在层楼的上头，或在林石的里面，或是山巅上，或是水涯上。再遇着那天地清和的时候，风清月明，焚香静坐，心不外想，血气平和，才能与神合灵，与道合妙。

弹琴，是古代文人最雅致之事，琴棋书画，抚琴排在首位，可见人们对这一雅事的重视程度。古代的"药"字，通常写作"藥"，草与乐的结合，便可清除体内不适。而弹琴，一定要平心静气，让气血通畅，最好能够坐在高远的山间水涯，轻轻拨动琴弦，一串悦耳动听的音符倾泻而出，与高山、明月、水流、竹林、风声，皆合为一体，弹奏之时方能身心惬意，听曲之人，自是能感受到琴音的美妙绝伦。

黛玉的琴声，与她的诗文一样，纯是自然流露。大观园里，唯她最真、最纯。她知世故而不世故，看到粗俗之人不会逢迎，看到真纯之人亦会以一颗真心相待。黛玉怜惜香菱的悲惨命运，又看得到她的痴傻与纯洁，对于她的虚心求问，从不虚与委蛇，而是真诚以待、倾囊相授。相比宝钗那种世故，我更喜欢黛玉的洒脱善良。这世间，若是只有宝钗的圆滑，而没了黛玉那股子真纯，会是多么虚伪呀。

潇湘馆内，一湾荷塘，依窗而建。秋日里，荷花凋零，荷叶亦枯萎，但黛玉依旧喜欢留着那些枯败的荷，因为"留得枯荷听雨声"。试想，秋雨连绵的夜，凄风阵阵，雨声稀稀疏疏落在片片枯叶之上，发出柔和的声响，是否很像一曲入心的琴音？黛玉喜欢聆听自然之音，充分说明她是个热爱生活的姑娘呀，凡尘俗世之人，谁会想到枯荷的此种妙用呢？

走出潇湘馆，继续向右走，依次是暖香坞、稻香村、红香圃、缀锦楼、蘅芜苑。

暖香坞是惜春住的地方，里面有一张长桌，上面搁置着一支画笔，这里最是适合惜春小妹妹潜心作画。只是不知道，原著里惜春最终画完那幅大观园的画了吗？那个冷心冷面又冷情的小姑娘，从小无父无母，兄嫂亦不管不顾，一个从未体验过爱的女孩，如何要求她学会爱别人呢？她从一出场，便与佛结下不解之缘，最终也是看透红尘繁华，落发为尼。从此青灯古佛，了此残生。

缀锦楼外，一丛繁茂的凌霄花爬满一堵墙。嫣红的花朵朵盛放，团团簇簇，开放在高墙之上。它们离地很远，似乎是不愿被人随手摘到，才故意站在顶端，俯视世人。

贾府二小姐迎春，恰如这一丛艳丽的凌霄花。她本性懦弱不争，自知争不过那些俗世之人，干脆把自己置身在高阁之上，对于万事万物皆不关注，小丫鬟们因琐事扭打在一起，她亦不操理，只是埋头抱着一本《太上感应篇》，不问世事。

然而人活于世间，怎能彻底与世隔绝？最终她还是逃不过被父亲贩卖的命运，抵了五千两银子，草草"误嫁中山狼"，仅一载时间，便被折磨致死。

这一朵孤高怯懦的凌霄花，终究还是被世俗之人践踏掉了。如若她有精明强悍的父兄做依仗，再遇见一位真正知她、爱她、懂她、惜她的男子，也许，她的命运便不会如此悲惨，她可以静观花开花落、云卷云舒，可以静守红尘、安度余生。偏偏，她生在大厦将倾的没落之家，外无依靠、心无城府，她的命运便只能随波逐流、宛如飘萍。

这处园林很大，有很多场馆因为时间限制，我未能完全踏入。当我返回之时，看到"秋爽斋"三字。原来，这里就是三小姐探春的居所。

一进入，便觉得开阔异常，好几间房屋都是通着的。探春喜欢阔朗，她的性情亦是宽阔大气如男子。房间布局，也像一个男孩子房间的摆设。果然，曹公笔下的人物居所，都是符合其性情设定的。

探春一直都想立一番事业，若她是男子，一定可以在那样的时代，建功立业、扶振家族。可惜她是女儿身，还是庶出。

古代封建社会，嫡庶之别非常巨大，宝玉是贾府人人稀罕的贵公子，光随身伺候的丫鬟就有二十几个，而庶出的公子贾环却是一只瘦弱的"小冻猫子"，人人都会欺踩贱压，庶出男子尚且如此，庶出女孩命运更是悲惨。

也正因如此，探春才更加历练出一股子傲劲儿，像一朵玫瑰花，有刺。有不识眼色的人想欺负她，都被她以强势的态度激烈反击，王善保家的那个老婆子，就是这样被"收拾"的。

她真的像一朵艳红的玫瑰，于这惊涛骇浪的红尘绽放出耀眼的华光，深埋在她骨子里的韧性，让她对自身不利的处境无所畏惧。事实证明，也的确无人敢招惹她。只是生于末世，命运不济，最终，她还是落得个远嫁海外的结局，前途未卜。

继续往回返，我们又一次回到门口那座奇石屏风之处。往这座山石的右边走去，在一处小小的角落里，立着黛玉葬花的那一方"花冢"。正是在这里，黛玉哭得凄切悲凉，吟出那首婉转低回的《葬花吟》，也吟出对自身命运的哀叹。

我们继续向前方走去，里面，是宝玉住的"怡红院"。这是园中最大的一处院落，书中众姐妹聚会都在这里。"怡红快绿"，红，指的是西府海棠；绿，指的是芭蕉。刚进入院子，就看到这两棵树，一左一右，静立在主屋两侧。

书里描写的怡红院非常美，刘姥姥正是迷醉在这一处优雅芳馨的花园里，才醉卧纱枕、鼾声如雷。

刘姥姥以为这里是一位小姐的住处，进门便看见一幅栩栩如生的美人图，她以为是真的美丽女子，于是笑着走上前去，和她握手，却猝不及防撞了个大跟头。

那一段描写真的令人捧腹大笑，但也真的写出了当时社会那种巨大的阶级差异。

最后贾府败落，巧姐被卖入青楼，差点都要被迫接客了，是刘姥姥卖房卖地，凑足银两，将女孩赎出，才免了她沦为娼妓的命运。

刘姥姥这样的人，知恩图报，赞美人的时候是真心在赞，救人之时，亦是倾家荡产在拯救。这样的人品，实在是令人敬佩。

不知不觉中，我们已将整个大观园基本游览完毕。

红楼梦中，大观园是为元春省亲而建，也是元春，让这些芳华绝代的女孩们住进来的。元春知道自己已是皇家妃子，虽纵享极致繁华，但终是失了自由身，回家看望祖母、双亲，都不能立刻上前拥抱、依偎，还要先进行一番烦琐的跪拜仪式，才可以坐下来闲话家常。

身处朝堂后宫的政治旋涡，被迫裹挟在那些明争暗斗、刀剑风霜之中，她深感疲惫。望着这些年少青春的弟弟妹妹们，她艳羡万分，于是下令让宝玉连同一众姐妹都搬进去居住。

她也只是一介柔弱的女子呀，却肩负起保护弟弟妹妹的职责，像极了现今我们家里的大姐姐，保护弟妹，为他们积极营造最好的生活环境。

她不仅仅担负照顾所有弟妹的职责，还肩负起整个家族的荣辱兴衰。她游走在帝王之侧，整日里一定是提心吊胆，不敢妄自揣测枕边人的心思，却又怕自己哪一点做得不够好，而惹怒这位九五至尊的皇帝。这样的极致繁荣，对她来说也不过是一把命运的大枷锁，锁住她的咽喉，让她连呼吸都艰难。

游览完这些场馆，我们走出大观园。

回望处，烟柳依依，夕阳洒下的余晖，将人们的身影拉到最长。

一梦红楼难再醒，曾是惊鸿照影来。

这处园林，为众多热爱《红楼梦》的人提供了一处心灵的栖居地，也为无数汉服爱好者提供了一处绝佳的拍照场所。

书里那些女子，宛如一朵朵娇俏的鲜花，生于末世运偏消。若她们生在如今这样的盛世，一定会各有一番成就。

就如拍摄 87 版《红楼梦》电视剧的那些演员，他们用心演绎书中每一位人物的命运，演出了原著的精髓，亦演出了人物的"灵魂"。在剧中，他们的的确确就是原著人物；在现实里，他们也都找寻到自己的另一片天地。

生在这样的时代，我们每个人更应抓住机遇，努力拼搏奋斗，活出属于自己的精彩人生！就如那一朵盛放的蔷薇花，抓住明媚的秋光，摇曳出五彩斑斓的锦瑟华年。

感矿山之幽静，品仲秋之疏朗

周六，我带孩子来到我工作的这座矿山。刚一进门，我们就被几枝明艳的月季花吸引了目光。昨夜一场微雨，淋湿了娇嫩的花瓣。瓣上潲落的雨滴，一颗颗宛如晶莹剔透的秋露，在阳光的映照下显得格外可爱。

忙完手头之事，我带孩子爬上东山。这里真的很幽静。蔚蓝的秋空里，一朵白云轻轻飘荡在天际，它在悠闲地踱步。另外一朵云，像一条小鱼，自由自在地浮游着。山坡上，一丛丛野草早已漫上枯黄，但仍散发着浅淡清新的草香。蜂儿翩飞，它可真勤快呀，仲秋时节了，竟然还在找寻着秋花，采集着花之精魂。

孩子在身边挖土，他说："小草吃了土，就长高啦！"我不禁微笑，稚嫩的儿语，简单又质朴，细品却透着真实明澈的哲理。小草，不正是汲取土壤的营养，拼命地顽强生长的吗？台阶的石缝里，它们都会汲取到土壤的精华，努力地钻出缝隙，在秋风中微微摆动。

我坐在幽婉的亭子里，俯瞰山下的世界，一派旷远尽收眼底。对面，群山绵延，宛如一幅清远的画卷。耳畔，是优雅悦耳的音乐，为这烂漫的秋日矿山之景点染了一丝温柔。这里很适合安静地坐下来，读一本书。

走过一座小小的桥，我们来到西山。桥下，一朵朵五彩斑斓的秋英花轻摆微摇，欢快地跳着一曲秋之舞。西山脚下，是一丛丛绽开笑颜的紫菀花，"她们"如今已蔓延得一片一片，不再似之前那般只有零星的一朵花，也不似从前那般孤独无依。"她们"在这明朗的仲秋时节，终于寻到自已的恋人，此刻，正在愉快地与小蝴蝶戏耍着。

我们一路前行，西山坡上旷远宁静，两旁不知被谁种了无数蔬菜、粮食。

一片片绿莹莹的蔬菜，长得密密麻麻，充满盎然的生机。

一杆杆玉米挺立在小路旁，有些叶子早已变得枯黄，清风徐来，发出一阵"沙沙"的窸窣声响。

一枝枝高粱，傲然长在土地之上，如今已结出饱满的穗头。穗禾上，一颗颗明黄的小粒团聚在一起，仿佛在欢闹地诉说着那丰收的喜悦。

西山顶上开阔疏朗。一座小小的白塔昂然站立，映着蓝天白云，显得悠然清雅。我带着孩子，渐渐走近这座小小的白塔。只见，塔身上镌刻着金光闪闪的字迹。那些密密麻麻的小字，叙说的是这座塔的前尘旧梦。

原来，早在辽金元时期，这座塔便已存在，它曾经蕴藏着诸多珍贵文物。只可惜的是，那座古塔，早已被拆除殆尽。现在我们看到的白塔，是工人们不辞辛劳，再度铸就的。如今，那些文物早已被珍存进博物馆，它们会在更完美的保护中得以延续生命，继续给人们讲述那些穿越千年的故事。

白塔之下，是一大片天人菊，此刻，"她们"正迎着秋风，开得烂漫纯真。蝴蝶儿欢快地轻舞蹁跹，有白色的，有黄色的，还有黑红相间的，飞得极快，让人扑不住。它们是在寻找花心里最甜蜜的部分呀。蝴蝶恋着秋花，秋花也迎风招展着，它们就像一对痴情的恋人，在低声絮语，在缱绻轻吻。

放眼望去，那一方悠远之境，簇拥着一大丛怡然自得的花儿。我们漫步过去，只见，"她们"巧笑倩兮，翩舞悠然，正在对着长风低低叙说着深情。有些花儿已经开至荼蘼，几片残瓣散落了一地，沁香了泥土，遗落了灿烂，为这矿山的秋写下一笺落花的思念。

我手牵着孩子，慢慢走下台阶。这台阶很新，显然是近些年来工人们一块一块砌上去的。他们曾挥洒着辛勤的汗水，忍耐着夏日的酷烈骄阳，承受着冬日的凛冽寒风，为大家建造了这样一处幽然雅致的恬淡之境。我的内心，忽而涌动起一阵感激。

东山幽静，西山旷远。原来这秋日的矿山也是如此美丽怡人、清疏明朗。这座矿山，就像一位伟大的母亲，无私哺育着这里的人们。"她"为我们提供了一份赖以谋生的工作，也为我们带来一丝惬意，一缕悠然。

生活就是这样，我们要在繁杂的世俗中找寻到一种令自己舒适的处世方式。让自己的生活慢下来，赏一赏秋日幽静疏朗的景致，多一些陪伴给孩子，这样，心才会安宁。

第六章

历史烟云

貂蝉：那一朵摇曳生姿的美人花

云朵浮于天际，秋日那一轮暖阳，"撒"下万道光辉，将这座安然静谧的小村落衬托得金光闪闪。树叶已泛起点点微黄，明丽的菊花在秋风中开得烂漫耀眼。

在这样明媚的秋日时光里，我们一行人骑着单车，走向不远处的貂蝉园，感受那一朵浮沉于汉末乱世女人花的无穷魅力。

我们沿着笔直的道路往上走去，转弯处，便看到貂蝉的塑像。只见她脸色平静，安然若素，眼眸里是一派波澜不惊。她身姿纤瘦，双手合十，温婉静立在前方。

她是那样的超然脱俗，却在历史上又掀起那样的狂风骤澜。她，就像中华史册里的一朵明艳之花，让我们深厚的历史泛起璀璨的光芒。众人皆被她美丽的容颜所惊艳，又佩服她斡旋于权臣之间那种游刃有余的智慧。

传说，貂蝉出生时，她的故里桃花、杏花三年皆不开。

我不禁感叹，是怎样的惊世容颜，竟能让嫣然而精巧的桃花、杏花都瞬间失去了光华呢？桃花艳丽，杏花纯白，这二者在目睹貂蝉那粉妆玉砌、巧笑倩兮的面容之后，竟然自惭形秽，主动放弃绽放花颜。

这世间，有了她的降生，似乎花朵都失了光华。而这，也注定她未来拥有不平凡的人生。

相传，貂蝉的父亲任昂是东汉末年九原的一位医生，他精通药理，深知"药食同源、未病先治"的道理。

他开了一家药草茶饮店，店内有适合不同人饮用的药草茶，大家喝了，皆变得红光满面、容光焕发，自然的，他的女儿红昌，也被他调养得貌美惊人、身体强健。

到了适婚年龄，他为心爱的女儿挑丈夫，百般相看之下，终于发现了勇猛魁梧、武艺高强的少年——吕布。

年少而慕艾，红昌与吕布二人，一个娇艳欲滴，一个勇猛英俊，自然一眼便是万年。很快，他们二人便结为夫妻。故事若到此处就截止，那他们的人生，就只剩下平淡无奇了。

若生于盛世，他们也许会相偎在夜色里，一同静赏漫天飞舞的萤火，对着那轮明亮的月，许下一生一世一双人的夙愿。若生于盛世，他们也许会一头扎进红尘烟火里，修篱种菊，品尝三餐美味，一同欣赏四季之景。若生于盛世，他们或许会是一对幸福美满的夫妻，还会拥有一群可爱活泼的孩子，承欢膝下。

然而历史，就如一个擅长编织离奇情节的小说家，自是不会让他们这样智勇双全的人安然平静地生活。

生逢乱世，董贼当道，民不聊生，饿殍遍地。他们二人皆有一颗济世报国之心，他要用一身武艺去拯救万民于水火，她亦非躲在男人羽翼之下的娇气小女人，于是二人各奔前程，就此离散。

世人皆知"貂蝉"其名，却不知"任红昌"三字才是她本来的姓名。"貂蝉"，只是她任官职时，头上戴的一种冠。

她自幼被母亲教得知书达礼、温婉贤淑，在宫中为女官时，自是游刃有余、不在话下。

她聪明灵秀，智慧超群，很受司徒王允的欣赏，他心下欢喜，便收她为义女。

彼时，董卓专权误国，且性情飞扬跋扈，致使朝野上下人心不安，民怨沸腾。王允身处朝局旋涡中心，尚且毫无办法遏制这般局面。他忧心如焚，坐不安席，满腹心事却不曾露于面上。

貂蝉心细敏锐，很快便察觉出义父心中所思，于是，她点燃一炷香，对月朝拜。她对着那墨色的天空，倾诉自己的一腔愤懑，也祈盼这轮明月能够知晓她的心事，为她带来一丝寄托与抚慰。

那一轮纯白皎洁的月，似乎听见她内心的呼唤，却又对自己的容颜自惭形秽，不由得躲进一片浮云里。这一幕被义父王允所见，他高兴地赞叹道："我家女儿容色倾城呀，连高洁的月，都羞得无地自容，躲起来啦。"

我想，红昌听见这一番赞叹之语，一定娇羞得面色微红。这片红云在她粉嫩的脸颊上晕染，伴着她眉目间的忧愁，更为她添了几丝楚楚动人的风韵。

她是绝世清丽的美人，但也是一位忧国忧民的美人，她心中有事，是国之大事，她愿委身自己，只为铲除国贼，还黎民百姓一片朗朗晴天。

红昌与王允相谈甚欢，此时，王允也终于了解到，原来董卓的养子吕布是红昌失散多年的爱人。这些年来，他眼见红昌偶尔会忧思黯然，不曾想，原是思慕那个英俊潇洒的勇猛少年。为了解除爱女这番相思之苦，他费了一番周折，安排他们夫妻二人于凤仪亭相会。

二人重逢，不由得深情对望。吕布不敢置信，自己能够在这里与心心念念的爱妻相会；红昌亦是心中震撼，不禁泪盈于睫。

他们彼此相互靠近，默默地执手相牵，多年离散的思念就在这指尖触碰的一瞬间轰然奔涌。执手相看泪眼，竟无语凝噎。多年的离别，只为成就这相逢的惊喜，这也算是命运给他们二人的馈赠吧。他们情不自禁地紧紧相拥，那一怀婉转缠绵的相思，尽在不言中。

后来，红昌、吕布一同拜见义父王允，三人共同商议铲除国贼董卓的大计。董卓位高权重，武功高强，身边高手众多，想要铲除他，何其之难！但，他们无所畏惧。红昌愿舍身，她早已被董卓那双如毒蛇般冷淬的眼睛盯上，她愿与奸臣周旋，设法除掉他。

我想，吕布一定是万般不愿，这世间有哪个男人愿意让自己的妻子去对另一人虚与委蛇呢？他心中酸涩又痛苦，但如今的局势，他们在明，董卓在暗，想要铲除国贼，唯有智取。

　　红昌感知到身边人的不安，她轻轻握住丈夫的手，清澈的眼眸中，透出一股坚毅果敢，还有对纯洁爱情的忠贞。吕布微微动容，百般纠结之下，同意了这番计谋。但他也暗暗下定决心，随时守护爱妻周全，不会让她的生命遭受威胁。

　　王允面露不忍，一旦采取"美人连环计"，就意味着他们夫妻二人又要承受分离之苦。但，吕布、红昌二人胸中皆有大格局，没有国家，何来小家？没有社稷的安宁，何来小家的平静？他们没有一丝犹疑，立刻商定好计策，只待时机成熟，一刀让董卓毙命。

　　一切都很顺利。董卓被红昌迷了眼、乱了心，最终不思政务，被三人设局，命丧酒宴。他不会明白，从他遇见貂蝉的那一刻开始，他的命运就已被这位美人所俘获。

　　也不知，他最后拜倒在她的石榴裙下时，可曾有一瞬的悔意？然而，即便有后悔，也不重要了，误国误民的权相终是被铲除，其残余势力也伴随这棵树的倒下而纷纷被清理殆尽。

　　如果故事到这里就结束，那也不失为一种圆满。然而历史却不会送给他们这对相爱之人圆满。吕布最终因叛徒出卖，在徐州被曹操的军队围困而被诛杀。

　　我甚至一度怀疑，这位"叛徒"，会不会曾与权相董卓相交甚深？否则为何要算计吕布这位猛将，令他那般惨死呢？

　　我不敢想象，在得知爱人死亡讯息之后的红昌是何等痛苦，她该是怎样的痛哭流涕，又该是怎样的心死成灰？历史，就这样轻描淡写地掩盖了她所有的悲伤，甚至对于她的下落，也最终成迷。

　　有人说，貂蝉所做之事最终感动了天下人，关羽敬佩她的气节，挺身而出，一路左劈右挡，浴血奋战，终是将她护送回她的家乡。

经历过那一场爱之殇，她的心力已然耗尽。从此，她看透人世悲欢，归隐山林，落发为尼。至此之后，青灯古佛，伴她余生。

我踏着一路的清凉，漫步在这座小小的貂蝉园内。尘归尘，土归土，她传奇的一生，终是在历史的烟尘中落下帷幕。

后人听说她的故事，皆心生敬佩，古往今来，无数文人墨客都赞她为"天下第一忠义美女"。

她，宛如一朵出淤泥而不染的莲花，被三国时代众多男子裹挟，于红尘乱世中依然坚守心中那一抹高洁，始终不忘国家社稷安危。

她，只是一介弱女子，却胸怀家国大义，以金闺花柳之躯撼动波诡云谲的朝堂，使之逐渐清明。

夕阳西下，我们踏上归程。回首，貂蝉那纤弱柔婉的身姿依旧矗立于那座庭院之内，她就这样静静等待着，等待着有心之人慢慢品读她传奇的一生。

朱淑真：那一朵独舞悠然的孤寂之花

无意中看到一首歌词——黄莺莺的《葬心》。

"蝴蝶儿飞去，心亦不在。凄清长夜谁来，拭泪满腮。是贪点儿依赖，贪一点儿爱，旧缘该了难了，换满心哀。"

充满凄清的语句，令我的心微微颤动。我点击音乐软件，搜索，静心聆听。瞬间，那温柔清丽的歌声盈满耳畔。我不禁想起宋代那位女词人——朱淑真。

她是飘浮于两宋之际的一朵温柔又孤寂的花。那座钟灵毓秀的城市，杭州，便是她出生之地。

儿时的她，活泼开朗、蹦蹦跳跳，小小的年纪就已经颇通诗词。清芳的荷香、皎洁的月色沁满她的心灵，也为她的诗作点染上灵动的气息。日子就这样，缓缓流过她欢快的童年岁月。

渐渐地，她长大了。在日光弥漫的清朗时光里，她出乎意料地遇见了她的初恋。

和煦的春风轻拂着杨柳，也吹拂着她跳动的心。她轻快地踏在幽静小路上，向着心爱之人飞奔而去。

此刻，那温暖的阳光，令她的心也弥漫着一缕细腻的柔情。她与恋人执手相牵，诉说着那股缠绵缱绻的爱意。浅浅的幸福，在她的心尖悄悄蔓延。

可是好景不长，恋人就踏上通向远方的路，他要奔赴未来的人生，却不愿携她一同前去。或许就在这一刻，朱淑真的心便开始漫上丝丝缕缕的别离哀愁。

往日那些欢乐与此时的愁绪形成鲜明的对比。如若她不曾拥有过那番幸福的光景，或许就不会体味如今这连绵不绝的忧愁吧。那个一心追求自我人生理想的男子，就这样与她挥挥手，猝然离别，不带一丝留恋。

绿杨阴里，莺啼声婉转。可此刻的鸟叫，在她听来不再带着幸福的味道，也没有了悦耳动听的缠绵之意。嫉妒开始爬上她的心扉，"莺莺燕燕休相笑，试与单栖各自知"，连小鸟都是成双成对，为何偏我一人形单影只呢？

满是相思的日子就这样过了一年，她的愁绪也愈缠愈深，她眼前的一切，在她看来都是那么地令她肝肠寸断。是呀，在那个车马缓慢、讯息全无的时代，她无法对着所爱之人诉说心中那番思念，这深深的情意却没有合适的安放之处，又如何令她开心呢？

"鸣窗更听芭蕉雨，一叶中藏万斛愁"，细润的小雨落在翠色的芭蕉扇叶之上，不再是如诗曼妙的歌声，而是点点滴滴的愁思。

"危楼十二阑干曲，一曲阑干一曲愁"，蜿蜒曲折的回廊，也不再是承载她幸福的路，而是阻挡她找寻爱人的屏障。

"万景入帘吹不卷，一般心做百般愁"，凉爽舒适的微风，不再给她带来惬意安静，而是携裹着无尽的忧愁，将她拖入万劫不复的思念旋涡。

"倾心吐尽重重恨，入眼翻成字字愁"，有人说，此时朱淑真对恋人的思念已变成怨恨。我却不这么认为。古诗文里的"恨"是"遗憾"之意。我不相信，这样一位柔情似水、温婉贤淑的俏丽佳人，会在心底生出无限的恨意。内心充盈着恨的人，怎会写出如此唯美凄凉的诗词字句？我想，她的内心中，只是滋生着绵长的遗憾罢了。

这一场青春年少的恋情，是那般青涩，那般懵懂，又那般美好，而自己无法抓住，归根到底，还是缘分太过浅薄。试问，谁的青春里没有遇见这样清新羞涩的爱恋？我们大多数人，也都会因世俗的纠缠不休，而与这场甜蜜浪漫的情事失之交臂。

情至最深处，你对恋人念念不忘，上天自然会令你在梦中与他相见。朱淑真亦如此。

在一个斜风细雨的初春时节，她浅酌一杯小酒，想要排解心中那缕愁绪。她想到那些快乐的往事，心中不由得悲喜交加。渐渐地，她醉了，趴在桌上进入了梦乡。

云水相间处，她朝思暮想的那个人终于出现了，他还是那般风华正茂，一如她初见的模样。两人在梦中执手，正准备相拥，梦却戛然而止。

她悠悠醒来，心中不觉有些怅然。她微微慨叹，"天易见，见伊难"。是呀，每日那清朗的天抬头皆可见，可是你却那般难见。

梦中人，最终还是远去了。那一别之后，此生，他再也没有重现在朱淑真的面前。

在那个"唯父母之命是从"的封建年代，她抵不过世俗的压迫，只能顺应父母，嫁给一名小吏。

若她只是一名平凡普通的妇人，或许对于这场婚姻，尚且能囫囵度日，哪怕每日里充满鸡零狗碎的日常，她亦会安心相夫教子、操持家务。

但她终究不是凡俗之女，她有着一颗敏锐灵秀的心，亦有着细腻的柔情。她渴望能与枕边人共赏年华岁月，细品温润人生，她想将自己的韶华谱写成一曲灵动的歌。

新婚的日子，她的确度过了一段缱绻浪漫的美好时光，她也曾为他写下细细密密的思念。

一日，丈夫在上班之时收到她的一本书，上面尽是圈圈点点。他不解其意，扳开书脊，却见夹缝中尽是蝇头小楷。里面写道：

相思欲寄无从寄，画个圈儿替。
话在圈儿外，心在圈儿里。

单圈儿是我，双圈儿是你。

你心中有我，我心中有你。

月缺了会圆，月圆了会缺。

整圆儿是团圆，半圈儿是别离。

我密密加圈，你须密密知我意。

还有数不尽的相思情，

我一路圈儿圈到底。

丈夫不禁失笑，被她这一番玲珑可爱的心思感动到了，心底不由得生出一番柔情，第二日清早，他便雇船回到海宁，二人团聚。

然而婚姻并不是一时的鱼水之欢，更多的是看两人是否情志相投，能否相处恰然。

随着日子如水般滑过，朱淑真渐渐发现，她的丈夫胸无大志，只知一味钻营、搜刮钱财。几经官场辗转，他始终都想在自己这一方小天地里沉沦，一种惰性根植在他的性情里。她逐渐不耐烦了，这并不是她要的生活啊。

她自己亦反思过这段婚姻，觉得自己一个女子，成天舞文弄墨、吟风弄月，未做好本分之事，自己应该好好操持家务、服侍丈夫。

但，不同频的两个人，最终还是走向同床异梦的结局。她的丈夫，竟然放着这样一位贤淑温婉、娇俏艳丽的妻子不闻不问，反而常去狎妓，追求那短暂的云雨之欢。

一日，他堂而皇之地将一名烟花女子带入家中，还喝得烂醉如泥，将家里吐得满地污秽。朱淑真快快不乐，可能言语之间表露了几分不耐，谁知他竟然动手打了她。

身为妻子，朱淑真不禁暗自伤感，但也知道此非良人，于是果断和离，与这场令她纠结痛苦的婚姻彻底了断。

虽然婚姻不幸，但她依旧热爱生活，积极与同频共振的朋友结交。

她的文笔清丽柔婉、细腻多情，深受众多人喜爱。

当时，宰相曾布的妻子魏玩也是善于作词的女子，她被朱淑真的才气所折服，于是千里迢迢将她迎到汴京。就这样，朱淑真成了曾夫人的座上嘉宾，常常得以参加一些歌舞盛宴，她也因此结交了许多贵族夫人，生活开始变得多姿多彩。

汴京的生活日常拓宽了她的视野，在这段绽放明媚的日子里，她重新遇见了一个称心如意的爱人。宛如枯木逢春一般，她的心，生发出点点滴滴的欢欣。

淡烟疏柳里，她与心爱之人相携相伴，共赏一脉盎然的春光。

蒙蒙细雨中，她与心爱之人一同漫步荷塘，清芬怡人的荷香醉了他们的心，他们彼此依偎着，于安谧僻静处浅诉一番恋人的蜜语。

情动处，她不顾一切躺在恋人怀中，任他轻轻揉抚。"娇痴不怕人猜，和衣睡倒人怀"，她对待爱情是多么炽热大胆、真挚似火！

山川的浓绿，遮掩不住她内心的躁动；细雨的缠绵，倾诉不尽她灵魂的衷情。她畅快淋漓地徜徉在这番相思情动中，格外珍惜这来之不易的美好爱情。

所以，爱情会迟到，并非完全不来。它会在一个和风细雨的日子里翩然而至。永远不要贪恋那些糟心的往事，因为生活不会亏待你，一定会给你带来意想不到的惊喜。

晚来的爱情，令朱淑真愉悦万分。但这爱却是来去匆匆，如青春的韶华，一晃眼，便消逝不见。

此时，金兵破城而入，徽钦二帝狼狈被俘，北宋一朝终是隐入历史的尘埃，徒留怅惘。朱淑真的爱人，也再度与她离散。

无处归身的朱淑真，只能再次回到钱塘，回到这处带给她欢快童年回忆的地方。

她不知，此次归来，迎接她的不再是柔风细雨，也不再是父母那温和的笑容，而是来自双亲的极度厌弃。在那个礼教盛行的年代，父母深受封建思想毒害，认为朱淑真大胆离婚一事令家族蒙羞，令自己颜面扫地。虽然此番归来，不似她想象中那般快乐，但父母还是给了她一处安身之所。

从此，她沉沦在旧日那些愉悦欢快的往事里，数着思念，蘸着笔墨，书写痴情。往后余生，孤独与寂寞与她相随。

父母最终还是不理解她，在她生命消逝之后，将她那些词句付之一炬。

众人皆不知她究竟是如何去世的，也不知她的生命到底消散在何年。

后来，有心之人将她残留于世的诗篇辑录起来，取名《断肠集》。我真的感谢这位先人，是他，将这位名动一时的才女记录下来，并将她那些婉丽唯美的诗词传于后人，我们这才品味到她那寂寥却泛着光华的人生。

犹记得当年，我在看87版《红楼梦》之时，看到"香菱之死"那一段，不禁悲从中来。画面里，一本《断肠集》覆在香菱那俏丽却惨白的面颊上。宝玉轻轻拿起这本书，眼中，是一抹怅然，又一位美好纯真的女孩子消失在他的生命里。

香菱的一生，与女词人朱淑真何其相似。她幼年也有过疼爱自己的父母，也曾在自家幽婉的庭院里蹦蹦跳跳，如果不是那场意外，她依旧是小家碧玉，将来嫁给一个上进的男子，即使日子不那么富贵，却也自在畅意。

然而一切美好，就在那个繁华热闹的元宵灯会上戛然而止。她被拐子偷走了，从此，她失了疼爱她的双亲，失了快乐懵懂的童年，一路颠沛流离，在鞭打谩骂中成长。

她容貌秀美，不仅被冯渊看上，也被"呆霸王"薛蟠看中。薛蟠是金陵一霸，家势浅薄的冯渊如何争得过薛蟠？他最终将冯渊打死，霸占了香菱。一朵历经风霜雨雪的娇俏花儿，就这样被这个粗俗的人强行掳走。

她成了薛蟠的通房丫头，薛蟠也成了她仰仗吃穿的夫。薛蟠是个什么人？他自己都说："女儿悲，嫁了个大乌龟；女儿愁，绣房蹿出个大马猴。"

香菱这样纯真无邪、清秀可人的女子，却草草嫁给这样粗俗的"大马猴",让读者真的气愤难平。

后来，薛蟠娶了夏金桂，这夫妻俩的确合拍，薛蟠这个浪荡公子被这位彪悍的妻子管得老老实实，然而对香菱，却是毁天灭地的大事。

面对这样温柔体贴、天真烂漫的香菱，夏金桂嫉妒了。她嫉妒得发狂，香菱身上那一份小家碧玉的婀娜曼妙，那一抹嫣然俏丽的微笑，都是她不曾拥有的。她嫉恨香菱有如此可爱的性情，这嫉妒太厉害了，催使她使劲折磨香菱。最终，可怜的香菱命殒了。在无尽的遗憾中，她的"魂魄"，又一次回到故乡，回到她那明媚欢快的童年。

香菱在生命的最后一刻，还在读着朱淑真的《断肠集》，她心底是多么寂寥啊！没有花香，没有树高，她只是一棵无人知道的小草。几经风雨，虽苟延残喘，却也是勉强挣扎于末世。

《红楼梦》书中评价香菱是八个字，"有命无运，累及爹娘"。脂砚斋批注道："八个字屈死多少英雄，屈死多少忠臣孝子，屈死多少仁人志士，屈死多少词人骚客。今又被作者将此一把眼泪洒与闺阁之中，见得裙钗尚遭逢此数，况天下之男子乎！"

在那样一个国破家亡的封建末世，不仅仅是像香菱这样美好的女子遭逢人生劫数，就连那些勇猛志士、优秀诗人都突遭变故，自身厄运降临。他们满身的才华无处施展，满腹的抱负难以抒发。那个束缚人心的封建时代，让多少人抱憾终身呀。

一曲《葬心》听毕，我的思绪早已流过百转千回。身在盛世中华，我们每个人都很幸运。我们不用像先人那样隐藏自己的爱恋，也不用像书中人物那样有着凄惨的结局。这个时代，有太多机遇在等着我们。愿我们都能珍惜眼下幸福，做一个随心而活的人。

纳兰容若：纳兰心事几人知

"家家争唱饮水词，纳兰心事几人知？"这句诗吟唱得优雅又缠绵，仿佛让人看到纳兰容若那短暂又绚烂的一生，品到他那悠长又缱绻的凄婉心事。

他是千古情公子，短短三十载的人生，仿佛尝遍了世间所有的爱恨情愁。他的词里，有甜蜜、有落寞、有孤寂、有悲痛、有惆怅，更有绵长的思念。

走进他的内心世界，我们会感觉到他那绵延不绝的情思，仿佛穿越了数百年的光阴，在向我们悠悠讲述他经历的岁岁年年。

他写下的词句，就如一首首荡气回肠、幽咽婉转的歌，听罢令人心中漫过绵绵情意。

与小表妹的青涩初恋，让他第一次尝到相思之味。那甜蜜又苦涩的味道，令他欲罢不能。

翻开历史，我们看到，纳兰正是在小表妹入宫的那一年生了一场病，错过了一场科举考试。可见，这场烂漫情事的凋落，给他带来多么沉重的打击。

他19岁那年，奉父母之命，娶了两广总督卢兴祖之女卢氏。

虽然此刻他依旧忘不了小表妹，但卢氏太好了，温柔贤淑、姿态万千，宛如一颗泛着潋滟华光的樱桃，撩拨着他的心池。

她善解人意，纳兰曾写过一句诗："并著香肩无可说，樱桃暗解丁香结。"她太聪慧了，几番浅浅碎语，便可拂去他心头所有的愁绪。

然而，情深不寿，慧极必伤。卢氏与纳兰仅仅过了三年琴瑟和鸣的生活，就难产而亡。她就那样匆匆离去了，失去了那触手可及的幸福，也留下孤独的他，徘徊于人世间。

至此之后，纳兰容若开始变得消沉悲观，他无数次在漆黑的夜里仰望那一轮洁白的明月。每当这轮月亮升起，总会勾起他无尽的思念。

我一度怀疑，卢氏的真名中，是不是有一个"月"字？否则为何他每每看到月，就会想到已逝去的结发之妻呢？

"若似月轮终皎洁，不辞冰雪为卿热"，他的心里充满无尽的痛楚，看到月亮再一次变得圆满，他不禁发出慨叹——

如果能让我们的情缘像满月一样皎洁透亮，我不怕寒冷的冰雪。只要能救活你，让我做什么我都愿意！

然而回应他的，终是一缕缕幽幽的寒风，静谧又无声。不知，那一缕清风，是否是他心爱妻子的"魂魄"，在轻抚他眉间心上的愁绪？

时光辗转，他在生命的最后时刻终于遇见一位红颜知己——沈宛。或许这是上天对他的垂怜，让早逝的卢氏以另一种方式来陪伴他最后的日子。

沈宛如他的发妻一般聪慧、伶俐，她才华横溢，能解纳兰词中心意。她如一缕淡雅爽朗的香风，吹进他的生活，吹开他的心门。

他想娶她为妻，可世俗终究还是逆了他的意。沈宛亦不愿看他痛苦，与他相伴过一程山水之后，告别了。

她回到了江南。从此，那一方婉丽秀雅的江南烟雨里，又多了一缕独属于纳兰公子的明澈婉转的相思。

陌上人如玉，公子世无双。纳兰容若，其情切、其意真，其文章字字珠玑、句句泣血，道不尽的离合悲欢意，诉不完的相思梦里情。

我时常会品读纳兰公子留下的那些词句，不经意间，心中已漫过无数缠绵的情愫。

　　我想，我是深爱他的，我爱他的人，远甚于爱他的文字。就如雪小禅爱沈从文，远甚于爱他笔下的那些故事。因为我深爱他，所以提笔便自然成章，无须精雕细琢。

　　如果可以穿越历史的烟尘，我好想做一朵他心上盛开的莲花，聆听他悠悠的心事，抚平他满心的悲伤。

　　我翻开泛黄的史册，安静地游离在那些落满尘埃的文字里。隔着久远的时光，轻轻唤他一声冬郎。

　　亲爱的冬郎啊，浮华万世，我于浩瀚的历史长河里，独独对你种下一缕情思，这是时光留给我的一卷温柔，是历史带给我的一份澄澈。我品读你的故事，心中早已是澎湃万分。

　　我愿化作你案头那一株小小的碗莲，日日端坐于墨砚之畔，看你挥毫泼墨；我愿化作你窗前那一株盎然挺立的红梅，于萧瑟的冬日里任你轻折，对你巧笑嫣然，你手指尖的温度一定会令我心驰荡漾；我愿化作你书房前那一脉潺潺的溪流，整日里叮咚不宁，为你奏响一曲轻柔婉转的歌谣。

　　若我为莲，定要散逸缕缕清雅之香，抚慰你眉间心上的忧愁；若我为梅，定要倾情为你绽放，以解你心头那份相思之苦；若我为水，定要化作你手掌间的绕指柔，碾碎你的愁绪，抚平你的哀伤。我默默提笔，于一纸素笺上，写下与你有关的字字念念。

芸娘：爱上一个人，是缘也是劫

芸娘是清代散文集《浮生六记》中的女主角，她聪颖贤惠、手巧心细、风流俊秀，有雅致的审美趣味，因而受到众多读者的喜爱。她与夫君沈复的爱情故事，也是让人为之津津乐道的一大亮点之一。

然而她的结局却很凄惨，被斥逐出门、颠沛流离、重病缠身、骨肉分离，最终客死他乡，只活了四十一载就香消玉殒，令人无限惋惜。

芸娘爱上沈复，是幸运的，因为他们有过一段相知相爱的温馨岁月；但也是不幸的，因为芸娘遭遇的种种坎坷，皆因沈复一手造就。

对芸娘来说，遇见他，是缘亦是劫。然而情根深种，她只是认命，深陷情劫里无法自拔，在一生的坎坷里，找寻生活的诗意与希望。

《浮生六记》前两卷，以平和淡然、诗意幽雅的笔法，记述了沈复与芸娘的相处日常，字里行间尽是温柔、和暖与甜蜜，读来很是欣喜。

她有文才天赋，很聪慧，刚学话时，只听旁人读诗，就能成诵；她有一双巧手，小小年纪就会刺绣，供养母亲与弟弟；她勤奋好学，看着一卷《琵琶行》，便自学文字，识书通墨，还曾写过"秋侵人影瘦，霜染菊花肥"的佳句。

她眉清目秀、顾盼神飞、瘦不露骨，豆蔻年华的她，透着灵动温婉的美，一下子击中少年沈复的心，于是他央求母亲，想聘芸娘为妻，沈母也喜爱芸娘的柔和性情，用一枚戒指订下这门亲事。

从此，芸娘心中那一抹温柔的情愫便有了依托。沈复是她朝思暮想的少年郎，也是她在烦琐的家务里最温柔的眷恋。

爱上沈复的她，是羞涩又可爱的。亲戚结婚，她怕他腹中饥饿，便为他藏粥。被堂兄撞见，面颊嫣红，慌不择路，一副清纯羞赧的小女儿作态。

洞房花烛夜，夫君才知原来她早已食斋多年，只因他幼时出痘疹，她跪在佛前，洒泪祈愿，唯求他一生康健。只要她的夫君能够平安，她宁愿终生食素。

他们也曾度过了一段静好安稳的烟火岁月。沧浪亭畔，他们一同品诗论文、侍花弄草、月下对酌，日子简静幽雅。他们志同道合，都喜欢李白的诗，潇洒飘逸，共赏"落花流水之趣"。

她渴望与爱人执手相牵，游遍名山大川，也希望能够觅到一方桃源净土，与心之所爱修筑茅屋、扎篱种菊、植瓜种菜，君画卿绣，安然到老。

芸娘这样的女子，一生所求不过是做一寻常凡妇，与爱人携手，一同走过人生的风风雨雨，一同静立于纷扰的红尘，沐着橘色的夕阳，嗅着凡俗的花香，他的儒雅映在她的眼里，她的美好刻在他的心间，即便布衣荆钗，她也是一生欢喜的。

她善烹饪，厨艺佳。平凡的蔬菜瓜果、鱼虾蟹肉，只要被她的巧手烹饪，就会散逸出余韵不绝的味道。

她是生活艺术家，熏香在她的用心蒸制下再无呛人的烟灰，唯留下一片清雅馨香的气息。

她手巧心细，勤俭持家。她曾制作梅花食盒，食盒置于案头，宛如一朵墨梅盛开在几案之上，打开盒盖，里面是六只白瓷深碟，摆成梅花的模样，小菜装在碟子里，就像盛在梅瓣之上，雅致极了。

昏暗的萧爽楼里，她用白纸糊墙，于是便满室通透；狭窄的寓所里，他们二人一同布置小家，温馨惬意盈满怀；清贫的生活里，她于灯下为他缝制衣物小帽，日子也多了几许温暖熨帖。她是沈复漂泊羁旅里一抹闪耀的光，他的人生因为有了她，才更加明亮安暖、踏实温柔。

我尤其喜欢她烹煮荷花茶的方法。"夏月荷花初开时，晚含而晓放，芸用小纱囊撮茶叶少许，置花心，明早取出，烹天泉水泡之，香韵尤绝。"

夏荷初绽，清香四溢，她用小纱囊撮取少量茶叶，放置于荷花心上，让荷香浸润在茶叶里，次日清晨取出，于是，茶叶上便润满一夜的月光清露。此时再用天然的泉水冲泡，茶香气袅袅娜娜，既有清茶原味，又有荷露淡香，还有月光的清凉。

这样的女子，她心思澄澈，安贫乐道，把清简的生活过出诗情画意。她把平淡如水的岁月裁成千红阔绿的模样，用一颗蕙质兰心，将自己的烟火生活编成唯美浪漫的童话。

这样的女子太美好，她会刺绣，会插花，会制作山石盆景。她把简朴清贫的生活绣成一朵朵素雅的小草花儿，天长日久，竟编织成一幅美妙动人的画卷。《浮生六记》里，因为她的存在，沈复的生命里才添了一抹明亮的色彩。

故事的前半段，是他们此生最美好的时光。他们彼此爱恋、温柔怜惜，平淡的生活也过得有滋有味，仿佛在烦扰的红尘里开出一朵斑斓又鲜艳的花，花儿摇曳生姿，还散逸出经久不息的幽香。

她沉浸在相依相偎的爱情里，为他生儿育女、操持家务，为他拔钗沽酒、烹制菜肴。他们像一对缱绻在尘世的烟火神仙，幸福安谧，优雅淡然。

然而，生活却不是一帆风顺的，太美好的爱情总会遭天妒忌。故事的后半段，隐伏着他们坎坷不平的悲剧人生。

"悲剧是把美好的东西撕碎了给人看。"再美的爱情，一旦被繁芜的生活浸泡过，也会慢慢散发出腐朽的味道。

在士族大家庭里生活，家境贫寒的芸娘缺乏应对世俗人情的常识，她太单纯，又太热心，总是莫名其妙惹得族人心生不快。而她又是一个喜欢把委屈独自咽下的女子，遭受不公，从未有过半分解释与辩白。

沈复的父亲沈稼夫在外地做幕僚，想到芸娘识字，就想让她代笔书信。后来生出一些闲言碎语来，沈母以为是她没有将事情完整表述，就不再让她代写书信了。

　　沈稼夫看到信笺里的笔迹不是芸娘的，就心生疑问，问她为何不写信？但一直没有得到回复，于是沈稼夫便心生不满，以为她不屑代笔。

　　沈复回家问清缘由，想要去向父亲解释，她急得拦住了他，说自己"宁受责于翁，勿失欢于姑"。她就是这样一个女子，有委屈从不辩白，这样的性格，也让她备受诘难与不平。

　　芸娘不懂大家族里的弯弯绕绕，因为家世寒微，更是不敢拒绝他人不合理的要求。

　　沈稼夫想要纳妾，觉得沈复知晓他的要求，要他物色一个姑娘。沈复却把这个烫手山芋扔给芸娘，要芸娘帮她公公找小妾。

　　芸娘太爱沈复，对于他的话，更是没有半分异议，于是悄悄相看了一个姚家姑娘，怕成不了，就瞒着婆母，只说这个姑娘是邻居家的女孩，来找自己玩的。后来把姚家姑娘送去沈稼夫身边，也的确令他很满意，但也因此，芸娘得罪了婆母。

　　沈复的弟弟沈启堂向邻居借钱，请芸娘做担保人，芸娘也是不懂拒绝，竟然答应了。

　　后来父子三人都在外地，邻居过来催债，她一个深闺妇人，哪里会有钱呢，于是给夫君写信，要他想想办法。

　　沈复接到信，向弟弟询问缘由，弟弟却嫌嫂子多事。邻居一直在向她催债，她的压力可想而知，于是她再次给夫君写信，说了启堂向邻人借钱的事，还说了要把姚家姑娘送走一事。

　　没想到，这封信被沈稼夫看到，当即叫来沈启堂，询问这到底是怎么回事。沈启堂一口否认，说自己没有借钱。于是沈稼夫非常生气，认为芸娘在诽谤小叔，还想把自己的姬妾送走。想到信里她对自己称呼不敬，一时怒火中烧，言语激愤，要休掉芸娘。

沈复看到信件，大惊失色，连忙向他父亲赔罪，又找了一匹快马，日夜兼程回了家，怕芸娘寻了短见。沈父对芸娘已心生厌恶，虽然不再休她，但还是将他们二人赶出家门。他们没地方可去，只能去了朋友家中，住在萧爽楼里。

芸娘因为太听丈夫的话，得罪了公婆。而她丈夫也不曾为她说话，只是一味地把事情推给她，也从未将前因后果向自己的父母阐述清楚，导致芸娘被公婆厌恶。

芸娘被斥逐家门，一方面是因为她太单纯，不通世故，太柔弱，不懂拒绝，另一方面，也是因为有这样一个懦弱的夫君，没有为她辩白一句。

沈复为人，落拓不羁，慷慨解囊，哪怕自己兜里没钱，也要邀请好友一同畅饮，一起游玩狎妓，快意山水。

他一生漂泊在外，辗转各地做幕僚，厌恶八股，痴迷诗画，又嗜酒成癖，以至于半生都浑浑噩噩，清贫如洗。对此，芸娘从未有过一句怨言，反而为了夫君，数次典当衣钗，接绣活养家，劳累过度。

他自诩深情，却在字里行间不经意流露出薄情的模样。或许是他本性不专一，又或者是平淡的生活逐渐激不起他心灵的涟漪，再或者，是因为芸娘生儿育女之后将重心放在孩子身上，总之，沈复变了，他不再是那个满心满眼都是芸娘的男人了。

他跟随表妹夫徐秀峰去粤东做生意，十天之内卖光所有的货物，却没有急着回家，而是跟随他去狎妓。

他流连于烟花柳巷，开始沉醉于风尘的世界里，朝欢暮乐。他为歌姬一掷千金，早已忘却了那个苦苦守候在萧爽楼里的芸娘。

他变心了，尝试过刻意逢迎的极致服务之后，对于安守清贫、优雅简静的妻子逐渐失去耐心。在《浪游记快》里，不再有夫妇二人携手同游的场景，也不再有他们月下对酌、品茶论诗的风流雅事，也没了柔情缱绻的微笑，通篇只有他与友人一起游玩的记录。

芸娘心思敏锐，又如何感觉不到丈夫的变心？曾经那个满眼都是她的少年郎不见了，如今的自己，病痛缠身，血疾时不时爆发，将她折磨得痛苦不堪。

她一边承受着丈夫变心的打击，一边又要拖着病弱的身体刺绣养家，她的夫君，可曾知晓她此刻的窘境？恐怕他当时，正在暖红花帐里端详着那个"一泓秋水照人寒"的雏妓憨园吧。

芸娘只是一个普通的女人，她渴望与爱人白首偕老，但也不希望他一直都这样不管家庭、不顾儿女，沉沦烟花柳巷无法自拔。想到自己身有血疾，恐命不久矣，她开始为丈夫物色姜室。

遇见憨园，芸娘被她的美丽和风韵所吸引，便与她结盟为姐妹，希望能与她一同相伴，一边满足丈夫心之所盼，一边有一个可心的人伴随自己度过寂寥余生。

憨园是名妓温冷香之后，她怎会选择沈复这样一个风流成性、天真烂漫、落拓不羁、衣食不裹之人呢，同样是给人做姜室，为何不选条件更好的人呢？况且人家聘千金，还承诺要奉养自己的母亲。

纳姜不成，竟变成芸娘的心病。加上后来的小奴仆阿双携款潜逃，种种原因导致芸娘悲伤万分、病入膏肓，最终死在沈复怀中。

读罢一卷《浮生六记》，让人深深感觉到，芸娘的悲剧命运就是沈复一手造成的。

他不善养家，贪花恋酒，视金钱名利如粪土，又醉心于游山玩水。他的笔墨，提及儿女的部分都不及描写那些花鸟虫鱼等闲趣之事多。论起诗酒茶花，他比谁都会玩，可谈起赚钱养家，他实在是个无能之人。

大概在他荒唐半生之后，于垂垂老矣之际，回首前尘往事，浮生若梦，恍然发觉，自己此生最对不起的就是发妻芸娘。

他想到芸娘年少时的美丽，想到芸娘在家庭生活中的隐忍，想到芸娘为儿女数十年如一日的付出，想到她为自己用心缝制衣帽，带病绣字养家……当他想到这一幕幕画面之时，他的内心一定是痛楚且追悔莫及的。

他在文字里无数次慨叹，闺中哪里还能遇见芸这样灵秀聪慧的女子呢？当千帆过尽、韶华不再时，当时光的风吹过他斑白的鬓角时，或许，他就着一盏孤灯，望见回忆里那个浅笑盈盈的芸娘，不禁老泪纵横。

于是，他挥笔写下自己一生的过往，也把自己一世的无能与荒唐尽数记录，那一颗颗饱含血泪的文字又何尝没有他的痛楚、悔恨、遗憾与思念？然而伊人已逝，香魂早已化作烟尘，飘零不再。恰如一场春梦，了无痕迹。

芸娘遇见沈复，是幸，也是不幸。

幸的是，她遇见一位如此开明的夫君，曾与她携手山水画卷，曾与她谈诗论词，也曾被他握着手，一笔一画勾勒温润美好的岁月。

不幸的是，她遇见一位如此天真烂漫的夫君，不拘礼法，不善养家，没有担当，甚至还贪恋烟花柳巷，招惹半生坎坷。

芸娘爱上他，是缘，也是劫。然而她自始至终未曾有过一句埋怨，直到死亡，都在呼喊着来世再见。恐怕在芸娘心里，只觉得自己遭受的那些痛苦是命中注定。

她的一生，为母亲活、为弟弟活、为夫君活、为儿女活，处处为他人考虑，哪怕自己受了委屈，也是独自吞咽落寞，从不曾大声哭泣。

透过沈复的文字，我只看到一个眼中带笑、心中流泪的女人，一杯杯用酒将自己灌醉；看到一个被封建礼教压制的柔弱女子，在世人的嘲笑鞭挞里挣扎求生，还要努力让自己的日子过得熠熠生辉。

芸娘的一生，苦难多于快乐。而这一切，皆源自那个她爱慕一生的男子——沈复。

陆小曼：半世风情半世殇

民国故事宛如一帧帧旧时的黯色影片，那褶皱的幕布里倒映着无数名人的离合往事。

我们穿越历史的烟尘，会看到许多叱咤风云之人的情愁悲欢。陆小曼，正是其中一朵明艳妖娆的俏丽之花。

她家境优渥，从小被当作金枝玉叶一般养大。她就像一位被娇宠惯了的小公主，有着婀娜的身姿、惊人的美貌。

她在无数男子倾慕的眸光里流连，在世俗的繁华里徜徉，并且乐不思蜀。

她凝聚了通身的才气。出身大家族的她，最不缺锦衣玉食和艺术熏陶，因此，她画画、写诗、唱戏，样样都在行。

这样才貌双全的女子，如何不被众人喜爱？

自古美丽多才的女子，其感情之路都是坎坷的，李清照是，朱淑真是，陆小曼亦是。

在她的生命里，曾出现过无数倾慕她的男子，有青年才俊王赓，有多情才子徐志摩，还有民国公子翁瑞午，他们都曾倾尽全力地爱着她。

然而，众多优秀的男子中，唯有徐志摩，这位浪漫多才的诗人走进了她心里，并且永生永世留下不可磨灭的记忆。

在徐志摩走后的漫长岁月里，再无任何男人能够敲开她的心扉，入住其中。

白落梅说："在遇到徐志摩之前，她算得上是个端庄秀丽的良家女子。遇到他之后，徐志摩的诗情纵容了她的妖媚，让她骨子里叛逆的血，得以尽情流淌。"

或许，每个人行走在世间，都会戴一张面具。面具之下的我们是何种模样，不会轻易被他人知晓。

陆小曼在遇见这位浪漫诗人之前是端丽清雅的，像一株明艳可人的海棠花，在岁月的烟尘里璀璨绽放，惊艳了一季芳华，也惊艳了世人目光。

她遇到徐志摩之后，心中那份炽烈的爱倏然被点着了，宛如热烈的火焰在熊熊燃烧。

这火焰，烧掉了那张端丽贞静的面具，也烧制出明媚荡漾的爱情。从此，她变成一株罂粟花了，有毒，令人上瘾。

那位才华横溢的诗人深深迷恋着她，并且甘愿醉倒在她的石榴裙下。

她骨子里的叛逆被彻底激发出来，于是，他们相爱了，并且沉醉在那缠绵的爱意里不可自拔。

徐志摩说，她一双眼睛在说话，睛光里荡起心泉的秘密。

他的心池被她潋滟的柔光所撩拨，她亦找寻到"灵魂"最舒适的安放处。在这之前，她顺从父母的安排，嫁给了王赓。

他是青年才俊，前途不可限量。然而，他并不懂陆小曼，不懂她心底的寂寞，亦不懂她骨子里的叛逆。

这世间，懂得比爱情更重要。所以，他们之间的婚姻注定不会长久。唯有徐志摩，能读懂她的柔媚，懂她的可爱，懂她的放纵，懂她的不羁。

所以，他就那样直刺刺地住进她心里了，且一生都是常驻之人，至死不渝。

可是，她习惯了十里洋场的灯红酒绿，习惯了挥金如土的生活，诗人徐志摩又如何能养得起这枝绚丽的罂粟花？

王赓养得起她的身体，可留不住她的"灵魂"；徐志摩能滋养得了她的精魄，却给不了她足够的金钱。

失去家族接济的徐志摩，只能拼了命，打好几份工，身兼数职，才能勉强维持妻子的花销。

她太过沉溺于世间繁华了，完全不懂所爱之人内心的苦楚。在徐志摩飞机失事前的一晚，他们还爆发了激烈的争吵。

当志摩的死讯传来之际，我不知，小曼是何种心绪？是呆愣、是迷茫、是彷徨，还是难以拔除的痛苦？或许，都会有吧。

失去了志摩，她就如被彻底抽去了"灵魂"，被抽去了生命的根骨一般，极速地凋零、枯萎，最终变得惨淡、落魄。

旧日里那些琐碎的争吵，宛如凌厉的时光之剑，剜刻着她的心，让她往后余生都沉痛不堪。

他离去了。从此，她褪去了妖媚的华裳，只着素淡之衣，如一枝清寂的瘦梅，死了爱情、死了心，她的生命再也开不出绚烂之花。

翻开民国历史的画卷，我们会看到，那些名人们一边在沐浴着新式的自由思想，一边还在努力反抗着腐朽的封建伦理道德体系。

陆小曼与徐志摩，也只是顺应那个时代的变革，让自己的思想挣脱旧时代的束缚罢了。他们生活在那个剧烈动荡的年代，无论是政治、经济，还是思想，都在发生急剧的转变。

其实，陆小曼也是一位至情至性的女子。她历经半世繁华，遭受半世殇情，从一株惊艳流光的海棠，蜕变为一枝妖媚的罂粟，又凋落成一枝清寂的瘦梅，此番大起大落，令世人无限慨叹。

她与诗人徐志摩彼此携手，一同漂浮在奔涌的历史洪流中，一同反抗封建包办婚姻，且终其一生都在追寻自由的爱情。

他们就像两朵洁白的蒲公英，被时代的风吹拂着、裹挟着，他们的"灵魂"紧紧依偎在一起，为后来人开辟了一条追寻自由恋爱与精神共鸣的爱情之路。

徐志摩：一生坎坷，一世追寻

白落梅说："历史似一片汪洋，有着滔滔不绝的内蕴和故事，每一阵波涛，都是一卷风云；每一朵浪花，都是一个传奇。"

是的，历史上有无数优秀的诗人墨客、仁人志士，他们的故事，是一首读不尽、唱不完的歌。而民国诗人徐志摩，也是那浩瀚历史长河中一朵温柔的浪花。

徐志摩是一位多情才子。他的生命里，曾出现了三位最重要的女子，张幼仪，林徽因，陆小曼。这三位女子，都是各有各的美，各有各的品性姿态。

有的人，看似薄情，实则深情。薄情是因为，没有人可以走进他们心里；深情是因为，一旦走入他们的心，他们就会予其所爱之人一生一世一双人的倾世爱恋。恰巧，徐志摩，就是这样的人。

我坐在静谧的时光里，默默品读着他的故事，不经意间，已然走进这位浪漫诗人的内心世界。在他缱绻柔美的诗句里，我看到他胸中的千丘万壑，也感知到他心里的爱恨情愁。

（一）

前些日子，经朋友推荐，我入手了徐志摩的《爱眉小札》。粗略地翻看了几页，其中有提及他的父母、妻儿。

我突然觉得，这位多情诗人对于包办婚姻的妻子张幼仪，虽没有夫妻之恩爱，但或许有夫妻之恩义存在。

否则，在他们分道扬镳之后，他们也不会一如既往地交流，张幼仪在后来的岁月里，还时常帮助陆小曼。

没有了封建婚姻枷锁的束缚，他们都可以自由地做自己，可以自由地呼吸生命里洁净的空气。

张幼仪这个女子的确很可怜，为诗人徐志摩孕育过两子，却终其一生未得到他的眷顾。

他们俩，属实是造化弄人。本就是不合拍的两种人，一个是浪漫多才的诗人，一个是有经济头脑的金融家，这是完全不契合的两种人呀。但是封建包办婚姻强行把他们二人结合在一起，造成一段婚姻悲剧。

张幼仪是一个被封建包办婚姻残害的可怜女子的典型。在那个新旧思想交织的时代里，又有多少无辜女子被牺牲？

后面他们离婚了，彼此还是可以和睦相处的。所以，如果不是封建包办婚姻，徐志摩和张幼仪会是很好的朋友。有的人只适合做朋友，而非恋人。强行用婚姻绑到一起，双方只会非常痛苦。

当然，现代社会还会有很多人偏执地认为："徐志摩就不是个好男人，不爱她，还和她生孩子？"

历史唯物主义告诉我们，评价一位历史人物，一定要回到他们生活的历史年代去客观评价。我们不能用现代的观点，去看待他们的所作所为。

他们生活在那样一个山河动荡的历史年代，无论是政治、经济，还是思想文化，都在发生剧烈的变革。民国乱世，山河破碎风飘絮，那个年代，人们的思想也是精彩纷呈、富于变化的。

那时，有很多人都在矛盾中生活着、挣扎着，一边是家里包办好的婚姻，一边又是自己心中所爱。

那个年代的人们，思想受到极度猛烈的冲击，一面是根深蒂固的封建传统，一面又是新式的思想。

所以，千万不要以现在的眼光去评价某一个历史人物，随意给他们扣大帽子。那不叫客观评价，那是欺负历史人物。

你怎知徐志摩愿意和她生孩子呢？难道不是封建家族要求的吗？延续香火，才是家族的任务呀。

在我看来，徐志摩这么浪漫的一个人，他曾深爱过两个女子，都是那么用心。如果可以与他深爱的女子孕育子女，这孩子一定是他心头所爱。

（二）

完成家族香火传承任务之后，徐志摩去了英国伦敦。他生性喜欢自由，不喜被拘束，在伦敦的日子，他的身心终于得以舒展。

他像一只翩飞的鸟儿，欢快淋漓地吟唱着歌谣，抒写着心中绵延的诗意。就在伦敦这座城市里，他遇见一个纯洁无瑕的女孩——林徽因。

对他来说，张幼仪身上有一种被礼教约束的压抑感，尽管她贤惠温婉，但总是带给他一种沉闷的感觉。

而林徽因，如一朵娉婷婀娜的素莲，清透可人、纯净清新。她就像一缕爽朗的清风，吹进他的心里。

她骨子里的温柔和诗情，也激发了他无穷无尽的诗兴。就是在这座城里，他写下了那首脍炙人口的诗歌——《再别康桥》。

"悄悄的我走了，正如我悄悄的来。我挥一挥衣袖，不带走一片云彩。"

此时他的心里溢满了柔情，林徽因这个明媚的女子倏地点燃他心中的爱恋。他就这样，陷入一场青涩烂漫的情事。

然而林徽因是个清醒且有原则的女子。得知徐志摩家中已有妻儿，纵然她心中再不舍，也决绝地转身，与他断了联系。她随梁思成走了，这一走，也算是彻底远离了他的生命。

林徽因于他，更像是窗前的一抹白月光。这缕浅淡优雅的月光里，寄托着他年少时那一汪清澈婉转的青涩爱恋。

不过，这青涩烂漫的爱，最后也被萦绕在林徽因夫妇身上那圣洁的光芒所掩盖。

他们夫妻有更加高远的志向，逝去的那段殇情，在这样恢宏的愿望里又算什么呢？他知道的，这一缕皎洁的月光，有朝一日，一定会闪耀中华建筑史册。

(三)

梁启超有两个学生，他非常喜欢，一个是王赓，一个就是徐志摩。而他们二人，也是非常要好的朋友。

王赓平日里公务繁忙，无暇陪伴妻子，于是就经常让徐志摩陪她游玩。就这样，徐志摩生命中第三个最重要的女人出现了，她就是陆小曼。

之前我写了一篇文章《陆小曼：半世风情半世殇》，有一位朋友评论道："恋爱最终在一起的意义是从对方身上发现、打开，继而实现真正的自己。"

我仔细品味了一番，感觉这位朋友理解很到位，可以说是理解到了精髓。

一位令自己感到满心欢喜的恋人，其实就是自己"灵魂"的另一半，遇见这个人，会帮你寻到真正的自己。

陆小曼遇见徐志摩，就是这样。他们在红尘陌上相逢，更像是前世的纠葛，今生的命定。他们志趣相投，神交的瞬间，仿佛遇上"灵魂知己"一般，刹那间迸发出绵绵相思意。

这一场浓情，在当时社会掀起轩然大波。不少人都在唾弃他们，认为他们一个抛却发妻，一个不顾军官太太身份，罔顾廉耻。

可想而知，他们想要在一起，遇到的阻碍有多么大。这阻碍，来自世俗的闲言碎语，来自顽固保守的封建势力。

你有没有发现，但凡被诗人徐志摩爱上的女子，都是貌美惊人的才女，都是能够洞悉他心灵的秀巧女子。而且，被他爱上，不是浅浅的爱，而是深爱。

如果说林徽因是徐志摩窗前一抹皎洁的白月光，那么陆小曼一定是他心口那颗嫣红的朱砂痣。

这一枚朱砂痣，就那样深深长在他心底，浸染着无尽的甜蜜，还镌刻着铭心的爱意，而且不可触碰，碰一下，会很疼很疼。

她就像一朵妖媚之花，开在他璀璨的年华里，还把他的心房占据得满满当当。

他们二人一直坚持着、反抗着，终于，世俗点头了，允许他们以爱的名义在一起。

新婚燕尔，他们的生活有甜蜜、有温馨、有浪漫，有诗意。然而好景不长，他们生活方式的差异已然显露。

徐志摩骨子里是一个安静的诗人，他喜欢沉浸在清寂的光阴里，望着身边的美人，思忖着清丽脱俗的诗句。

他更喜欢与文人墨客在一起清谈，谈诗论道，谈文学、谈爱情、谈理想。

而陆小曼，却是一个被娇宠惯了的女孩，她贪吃贪玩、任性妄为、挥金如土，喜欢结识很多热衷于唱戏的人。

她生活奢靡、花销无度，完全不知柴米油盐贵。甚至在后来，她因为身体病痛的折磨，还染上了烟瘾，时常会缠绵烟榻，变得萎靡不堪。

果真就如钱锺书说的那样，婚姻像围城。城内的人想出来，城外的人想进去。

陆小曼觉得，婚姻就像爱情的坟墓一样，她时时都感到丈夫在约束她。而徐志摩，也不得不为了妻子巨大的花销而忙个不停。他身兼数职，往返南北，为金钱而奔波。

徐志摩曾说："我认定奢华的生活不是高尚的生活。爱，在简朴的生命中，是有真生命的，像一朵朝露浸着小草花；在奢华的生活中，即使有爱，不能纯粹，不能自然，像是热屋里烘出来的花，一半天就有衰萎的忧愁。"

看到这段话，我忽然感觉，徐志摩好聪慧啊，他一眼就可以看透，繁华过后会是苍凉，奢靡中绽放出的爱情之花只是一时娇艳，很快会凋枯。物极必反，乐极生悲。人生归途处，至简才是生命之本。

他喜欢陆小曼素简，不喜她奢华。而身着淡蓝旗袍的小曼，的确宛如一朵空谷幽兰，雅致又脱俗。

他时常会劝诫陆小曼，要沉静下来，收敛浮躁贪玩的心性。他能看得到她与生俱来的绘画天赋，他只想要妻子静下来，远离尘嚣，重拾笔墨，去描绘属于她的灿烂。

可惜，诗人生前，小曼尚且天真烂漫，不懂这番箴言，甚至还与徐志摩大吵大闹，最激烈的一次，她还极其愤怒，用烟枪把徐志摩的金丝眼镜砸碎了。

徐志摩伤心极了，他落寞地行走在空荡的人间，心里是无尽的惆怅。他不知，自己当初苦心争来的爱情为何会变得如此不堪？

尽管他难过万分，但他依然爱着小曼，依旧愿意奔波劳碌，为她赚取更多的金钱。他在离开上海之前，还请求翁瑞午多多关照小曼，因为她的状态实在令他放心不下。安排好这一切，徐志摩就登上飞机了。他与林徽因约好，要去听她的古建筑学演讲。出发前，他照例给小曼发电报说他会回来的。

然而，这封电报，最终却成了一纸空谈。谁都没有想到，原来这架飞机是死亡之机！

看到他死亡这段时，我的眼泪忽而就涌出来了。我没有擦拭，就那样让它们流淌着，滴落到我正在看的书上。看那泪珠在字里行间氤氲，我仿佛听到命运的叹息声。

我太心疼徐志摩了，他本来是个浪漫诗人呀，但他在生命的最后一刻还在为金钱之事奔波。一介文人，却甘愿让自己沾染满身铜臭味。而且，他唤不醒自己那醉生梦死的爱人。

他死得太仓促了，也不知道是不是命运在召唤他，让他用生命唤回那个沉醉不知归路的爱人。

"悄悄的我走了，正如我悄悄的来。我挥一挥衣袖，不带走一片云彩。"

你以为这还是一剪流云般的闲逸浪漫吗？不是的呀，到了此刻，这已经变成一曲凄凉又破碎的诀别之诗。

在这位诗人走后的漫长岁月里，陆小曼才猛地被时光的锤砸中，随即清醒。

漫漫苦痛过后，她终于收敛了所有的浮躁心性，重拾画笔，再度勾画那万里山河、那一草一木、那一花一叶。

此时，她那潜藏在"灵魂"里的安静才真正被激发出来，她才有无数细腻的画作流传于世。

诗人徐志摩，是在用这样一种决然的方式唤醒她的"灵"呀。

此番变故过后，小曼再也寻觅不到爱人的身影。她心里绞痛万分，写下洋洋洒洒将近万字的《哭摩》，实在是令人不忍卒读。

我想，或许正是在诗人的骨肉化作齑粉之后，小曼才于漫漫时光中品咂他弥留的心语，方才懂得他心中之事，才明白他品出的人生真味。她终于听见他"灵魂"的话语了，此后终生服素，简净安然。

（四）

徐志摩生命里出现的三个重要的女人，最后都活得很精彩。张幼仪脱离封建婚姻的藩篱，活出真实的自我；林徽因跟随丈夫梁思成，更是找寻到浩大的梦想；陆小曼也潜心作画，有了一些传世之作。这位璀璨的诗人，他的生命里，也尽是闪耀的女性。

而且这三个女人的心里，也都对徐志摩各自怀着一份独特的爱恋。张幼仪为他生下唯一的儿子阿欢，且一辈子都在照顾徐志摩的父母，相当于为他尽孝了；林徽因也因为他的突然离世，当场昏厥；陆小曼更是痛苦万分，往后余生，她都闭门谢客，在自己的卧室里悬挂了他的遗像，为他供鲜花，奉养他，还帮他整理遗作，并且，再无任何男子走进她的心里。

徐志摩死后，很多人都在怨怪陆小曼。其实，他坐那趟飞机，本来是要去参加林徽因的古建筑学演讲的，也不能全怪陆小曼吧？归根到底，他还是死在一个"情"字上。

我读徐志摩的故事，真的非常心疼这位柔情才子。他才华横溢，却英年早逝；他一生追寻爱、美与自由，却时运不济；他有所爱，却被辜负。

时光翩然轻擦，历史的河静静流淌。诗人徐志摩的故事，始终在漫漫红尘里流传着。他的悲剧人生，也让世人叹息不止。

他的生命虽然短暂，但他的经历却是常人的几辈子。短短三十几年人生，世间所有悲欢离合、爱恨情愁，他都尝遍了。

他是在用生命，抵抗那顽固腐朽的封建势力；他在用心血，抒写心中那份温柔的眷恋。

他一生都在追寻爱、美与自由，他极其聪慧，却又命运坎坷。"情"可谓是他的"命魂"，也是他诗歌的精髓所在。

他的故事，像一首读不完、品不尽的诗歌，读罢只觉此恨绵绵无绝期。